LES 400 COUPS

FRANÇOIS TRUFFAUT

Etude critique par
Anne Gillain

NATHAN

 ISBN 209 180066 X

Sommaire

Pour Julien Kenji Maeda

AVANT-PROPOS

Les 400 Coups compte parmi ces chefs-d'œuvre rares qui ont d'emblée trouvé leur public. Premier film d'un grand critique qui avait pendant des années mis à feu et à sang dans ses articles passionnés le monde du cinéma, *Les 400 Coups* était attendu sans indulgence par plus d'un professionnel du septième art. Dès sa sortie, il conquit non seulement les spectateurs français mais les publics internationaux. Trente ans plus tard, il demeure le film le plus connu de Truffaut dans le monde entier et touche avec la même force chaque génération nouvelle. Pourquoi?

D'abord par son thème. Les films réussis sur l'enfance ne sont pas légions. Avec *Les 400 Coups*, Truffaut a su traduire en termes universellement lisibles les données de sa propre enfance et décrire, en racontant son histoire, les problèmes que rencontre tout adolescent au cours de son développement : affrontement avec les figures parentales, quête de l'identité, découverte de l'autre, intégration sociale, expression de la créativité. Chacun peut s'identifier au héros et replonger, grâce au film, aux sources de son expérience personnelle.

Le grand écueil des films sur l'enfance réside dans le choix de l'interprète. La rencontre de Jean-Pierre Léaud et de François Truffaut en 1958 a transformé Antoine Doinel, l'enfant des *400 Coups*, en un personnage mythique. Léaud lui a donné une force et une vérité exceptionnelles.

1959 est une année capitale dans l'histoire du cinéma français. La naissance de la Nouvelle Vague renouvelait les données de l'expression au cinéma et revitalisait un art qui, à quelques exceptions, avait peu à peu rompu les ponts avec la réalité de son temps. *Les 400 Coups* reflète le formidable dynamisme d'une esthétique nouvelle.

Enfin, le film est véritablement la matrice de l'œuvre de Truffaut. Dans sa lignée se profilent tous ses films à venir qui reprendront l'étude de marginaux en lutte avec une société où ils aspirent à s'intégrer. Il exprime aussi par son style personnel et original une sensibilité créatrice qui allait dominer la production cinématographique française pendant près d'un quart de siècle.

LA VIE ET LES FILMS DE FRANÇOIS TRUFFAUT

C'est de 1953 que datent les premiers écrits de François Truffaut sur le cinéma. Il avait vingt et un ans. Dès lors les grands moments de sa vie se confondront avec les faits marquants de sa carrière. Même lorsqu'il se marie en 1957, il reste dans le métier en épousant Madeleine Morgenstern, la fille d'un des producteurs de cinéma les plus importants de l'époque. Il disait en plaisantant avoir auparavant hésité entre la sœur de Rivette et la fille de Hitchcock. De cette union naîtront deux filles, Laura et Eva, avant que le couple ne divorce en 1964. Truffaut, qui avait créé en 1957 sa propre maison de production, Les Films du Carrosse — en hommage au film de Jean Renoir, *Le Carrosse d'or* — mena jusqu'à sa mort, en dehors des moments de tournage, la vie réglé d'un bureaucrate. Il passait en effet ses journées dans son bureau près des Champs-Elysées — même s'il se contentait parfois, comme le dit sa secrétaire, d'y faire des mots croisés — et s'interdisait d'aller au cinéma avant dix-huit heures. Seuls des voyages dans le monde entier pour la promotion de ses films et des séjours aux Etats-Unis, où il rendait visite à ses deux mentors Renoir et Hitchcock, venaient interrompre passagèrement le cours de cette existence rigoureusement organisée.

Entre cette routine méthodique de l'âge adulte du cinéaste et son enfance, il existe une faille que comblera la création.

Truffaut déclarait en 1982: « Je crois comme Simenon qu'on travaille avec tout ce qui nous est arrivé entre la naissance et l'âge de quatorze ans [1]» . Les années de jeunesse représentent en effet l'époque capitale de son destin. Elles auront une influence décisive sur ses films qui en reprendront sans cesse les données. *Les 400 Coups* est de ce point de vue le film clé de son œuvre. Il suit plus explicitement que tout autre le récit d'une enfance qui fut, à trois égards, hors du commun. Elle se singularise par la révélation de l'illégitimité, l'absence de scolarisation et la délinquance.

La bâtardise

C'est à Paris, le 6 février 1932, que Janine de Montferrand donna naissance à un fils, François. Elle appartenait à une aristocratie désargentée mais pétrie de principes et, plus encore que la bourgeoisie, soucieuse des apparences. Son père avait été capitaine dans

1. *Cahiers du cinéma*, n°. 316.

l'armée avant de travailler pour *L'Illustration*, un important magazine de l'avant-guerre. La jeune femme avait à peine dix-huit ans et n'était pas mariée. Sa famille, dès que sa grossesse était devenue apparente, l'avait installée dans une institution religieuse réservée aux filles-mères. C'est là qu'elle accoucha clandestinement après avoir subi pendant des semaines les remontrances quotidiennes dont les sœurs ne manquaient de repaître les brebis égarées qu'elles hébergeaient. L'identité du père de Truffaut reste à l'heure actuelle encore mystérieuse. A l'époque de *Baisers volés* (1968), le cinéaste demanda à l'agence de détective, qui l'avait conseillé pour le tournage du film, de mener une enquête pour le retrouver. Elle révéla, semble-t-il, qu'il était dentiste et vivait dans l'est de la France. Il aurait aussi été juif, ce qui expliquerait, dans un milieu assez traditionnellement antisémite, l'opposition de la famille au mariage. Truffaut abandonna ses recherches de crainte de troubler, à une époque où il était déjà célèbre, la vie de cet inconnu. Il ne rencontra jamais son père.

Le plus surprenant est qu'il ne parla jamais non plus de lui avec sa mère. Après la naissance, celle-ci avait d'abord placé l'enfant en nourrice dans la banlieue parisienne et pris un poste de secrétaire à *L'Illustration*. Un an plus tard elle rencontrait, au Club Alpin Français, Roland Truffaut qui exerçait le métier de dessinateur industriel et était comme elle un passionné de montagne. Il l'épousa le 9 novembre 1933 et reconnut l'enfant qui prit son nom. Ce dernier ne partagea pourtant pas l'existence du jeune couple mais passa les dix premières années de sa vie chez l'une ou l'autre de ses grands-mères. Il était particulièrement attaché à sa grand-mère maternelle qui aimait beaucoup la lecture et avait même écrit un roman. Elle fut la première à lui donner le goût des livres. C'est vers 1942 que l'enfant alla habiter avec ses parents et vers 1944 qu'il appris la vérité sur ses origines. Fouillant, un jour qu'il était seul, dans une armoire, il y trouva le journal que tenait Roland Truffaut et découvrit que ce dernier n'était pas son vrai père. Il ne souffla mot à personne de cette révélation. C'est lorsque Roland Truffaut le fit arrêter, comme dans *Les 400 Coups*, pour le vol d'une machine à écrire, qu'il comprit que l'enfant savait tout : assis dans le couloir tandis que le jeune Truffaut faisait sa déposition, il entendit ce dernier expliquer sa situation familiale au commissaire. Truffaut restera toute sa vie hanté par le mystère de ses origines et s'intéressera aux personnages historiques ou fictifs dont la situation ressemblait à la sienne : D'Alembert, Léautaud, l'enfant sauvage de l'Aveyron ou David Copperfield. Dans *Fahrenheit 451*, le premier texte qu'il fera lire à son héros, Montag, sera le début de ce roman de Dickens où le héros déclare n'avoir jamais connu son père. Dans *L'Histoire d'Adèle H.*, la jeune femme répètera un soir de révolte : "Née de père inconnu, je suis née de père inconnu."

Ces données de la vie de Truffaut, si elles révèlent la nature rigoureusement autobiographique des *400 Coups,* éclairent aussi l'importance accordée dans son oeuvre aux personnages féminins. Derrière ces femmes fortes, indépendantes et déterminées qui, de *Jules et Jim* au *Dernier Métro*, dominent les films de Truffaut, se profile l'ombre d'une mère dont la froideur faisait un personnage aussi mystérieux que fascinant. On comprend que Janine de Montferrand ait pu éprouver des sentiments ambivalents envers un fils qui avait douloureusement bouleversé sa vie. Distante et inaccessible, comme Madame Doinel dans *Les 400 Coups,* elle seule connaissait le secret de l'identité de l'enfant et ce savoir lui conférait, aux yeux de ce dernier, un formidable pouvoir. Ses infidélités à son mari ajoutaient à son mystère et le fait que Truffaut la trouva encore très belle accentuait l'emprise qu'elle avait sur son imagination. L'œuvre de Truffaut est tout entière marquée par la double énigme posée par une mère indéchiffrable et un père inconnu. La succession des films peut se lire comme un suite d'hypothèses sur ces figures obsédantes du passé.[2]

L'école buissonnière

Dès son arrivée chez ses parents, le jeune Truffaut se révéla difficile et insupportable. Manquant sans cesse l'école à l'insu de ses parents, il redoublait ses classes et se faisait périodiquement renvoyer. Il obtint son certificat d'études mais, ayant raté son examen d'entrée en sixième, ne fit pas d'études secondaires au lycée. Indifférent aux joies du sport, il passait souvent ses week-ends seul à la maison pendant que ses parents allaient escalader, sacs au dos, les rochers à Fontainebleau. Pendant la semaine, il vagabondait, comme Antoine Doinel, dans les rues de Paris. Pour comprendre la vision pessimiste du monde des adultes, que se forma dès cette époque le cinéaste, il faut ajouter aux données privées de sa situation familiale, deux éléments essentiels : le moment historique et la nature particulière du quartier où il habitait.

L'arrivée du jeune Truffaut dans le ménage troublé de ses parents se situe en pleine occupation. De cette époque où tout le monde volait et mentait pour survivre, où on utilisait les enfants pour aller mendier chez les commerçants, Truffaut dit avoir gardé une vision horrible des adultes. Il aimait par contre beaucoup le quartier de Pigalle où il grandit et que peuplait une faune composite vivant souvent en marge de la légalité. La butte Montmartre, la rue des Mar-

2. Sur cette lecture possible de l'œuvre, voir Anne Gillain, *François Truffaut: le secret perdu,* éd. Hatier, 1991.

tyrs, la place Clichy avec le Gaumont Palace furent les lieux de son enfance et il y tourna non seulement *Les 400 Coups*, mais aussi *Antoine et Colette* et *Baisers volés*. Composé d'un curieux mélange d'immeubles cossus et d'hôtels borgnes, hanté par des prostituées, c'est un endroit où l'enfant eut très tôt sous les yeux le spectacle de la sexualité la plus crue : "Il y a tout cet aspect sexuel de l'occupation dont personne ne parle jamais et qui me paraît essentiel. Par exemple, les gens faisaient l'amour dans la rue, il n'y avait pas une lumière dans tout Pigalle, il fallait une lampe éléctrique pour rentrer du métro, il y avait des couples sous les porches.[3]" Pour le jeune Truffaut, cette révélation précoce de la réalité sexuelle, à laquelle s'ajoutaient les problèmes du couple parental et l'indifférence de sa mère à son égard, favorisa une vision de l'amour où l'affectif et le sexuel se trouvaient d'emblée dissociés. Ses films, qui offrent le spectacle de couples à jamais désunis, reflètent ce décalage.

Au milieu de ce chaos, Truffaut trouva deux refuges, l'amitié et le cinéma. Avec Robert Lachenay, son ami inséparable, qui deviendra René dans *Les 400 Coups*, il faisait l'école buissonnière pour aller voir en cachette tous les films de l'époque. Pendant l'occupation, *Le Corbeau* de Henri-Georges Clouzot est parmi ceux qui le marquèrent le plus profondément. Il dit l'avoir vu près de vingt fois et en avoir appris le dialogue par cœur. Après la Libération, l'arrivée sur le marché des films américains fut pour lui une formidable révélation dont il demeura ébloui. Pour cet enfant qui échappait complètement à l'apprentissage rationnel du savoir que représente la scolarisation, le cinéma resta avec la lecture— car il était devenu dès dix ou onze ans un consommateur passionné de romans — la seule expérience structurante de sa jeunesse et la fiction la seule grille d'intelligibilité capable de donner sens et cohérence au monde qui l'entourait: "J'aurais à peine l'impression d'exagérer en disant que le cinéma m'a sauvé la vie.[4]"

Le cinéma lui tiendra lieu de famille, d'école et de société. Il dira même n'aimer de la nature que les paysages entrevus dans les films. Cette situation explique les affinités exceptionnelles de Truffaut avec l'art narratif. Il ne connut dans sa jeunesse d'autre loi que celles du récit et parlera toute sa vie le langage de la fiction avec autant de naturel qu'on respire. C'est aussi grâce au cinéma qu'il fera la rencontre capitale de sa vie, celle d'André Bazin.

La délinquance

Dès l'âge de quatorze ans, le jeune Truffaut essaya de s'émanciper du milieu familial en gagnant

---

3. Anne Gillain, *Le Cinéma selon Truffaut*, éd. Flammarion, 1988.
4. *Le Cinéma selon Truffaut*, 1988.

sa vie. Il fit une série de petits métiers pour finalement travailler chez un exportateur de graines. Il y mit si peu de conviction que ce dernier dut rapidement se débarasser de lui. Avec sa prime de licenciement, Truffaut créa avec Lachenay le cercle Cinémane, un ciné-club. Comme ses séances étaient aux mêmes heures que celles d'un autre ciné-club voisin, Truffaut au début de l'année 1947 alla sans hésiter en trouver l'organisateur pour lui demander de changer ses horaires. C'était André Bazin. Il avait vingt-neuf ans et s'affirmait déjà comme le premier grand critique de cinéma à une époque où les films étaient encore considérés par l'intelligentsia française comme un divertissement populaire. Il fut conquis par l'enthousiasme, l'intelligence et le savoir encyclopédique de ce jeune cinéphile. Leur amitié date de cette première rencontre.

Les affaires du club Cinémane tournèrent vite mal : gestion fantaisiste, escroquerie d'un distributeur dont Truffaut et Lachenay furent les victimes. C'est pour faire face à leurs dettes que l'idée leur vint de voler la fameuse machine à écrire. Roland Truffaut, découvrant l'affaire et les plaintes dont faisait l'objet son fils, prit peur et l'amena à la police. Après deux nuits passées en prison entre des prostituées et des voleurs, l'enfant fut envoyé dans un Centre d'observation pour mineurs délinquants à Villejuif. Il écrivit à Bazin qui vint le tirer de cette situation désastreuse et accepta de se charger légalement de lui. Roland et Janine Truffaut renoncèrent à leurs droits parentaux. Bazin fit alors de Truffaut son assistant à Travail et Culture, une association culturelle dont il dirigeait la section cinéma. Le jeune homme organisait des projections et commençait aussi à se faire des amis dans le milieu des cinéastes : Alain Resnais et Chris Marker. En 1949, Bazin malade partit en sanatorium. Truffaut perdit son emploi et se retrouva soudeur à l'acétylène dans une usine puis journaliste pour *Elle*. C'est à cette époque qu'il rencontra Godard, Rivette et Rohmer à la cinémathèque de l'avenue de Messine qu'il fréquentait tous les jours. Il tomba aussi amoureux d'une jeune fille qu'il poursuivit vainement de ses assiduités, comme Doinel dans *Antoine et Colette*. Désespéré par son échec amoureux, il s'engagea sur un coup de tête dans l'armée deux jours avant Noël 1950. Truffaut dira plus tard que les fins d'années étaient toujours pour lui un moment difficile de remise en question. L'action des *400 Coups* se déroule justement pendant les fêtes.

C'était l'époque de la guerre d'Indochine et tout engagé devait partir se battre là-bas pour trois ans. Comprenant rapidement son erreur, Truffaut décida de ne pas rejoindre son unité à la veille du départ. Alerté par Chris Marker, qui l'avait rencontré errant dans les rues, Bazin le persuada de se rendre aux autorités militaires. Mais, envoyé en Allemagne, Truffaut déserta une seconde fois et fut cette fois arrêté et expédié dans une prison militaire. Sa situation était, après cette récidive, très grave. Il risquait le conseil de guerre et resta en prison un an tandis que Bazin multipliait les démarches pour obtenir sa libération. Il parvint finalement à le faire renvoyer de l'armée pour "instabilité caractérielle." Il le recueillit alors chez lui dans la maison de banlieue qu'il partageait avec sa femme, Janine, et entreprit, comme Itard pour l'enfant sauvage, de remettre le jeune homme sur pied.

Dans sa préface à la biographie d'André Bazin par Dudley Andrew, Truffaut écrivait en 1983: "Je me suis efforcé de parler de Bazin avec distance, comme s'il s'agissait pour moi d'un homme comme un autre, alors qu'André a été l'homme que j'ai le plus aimé. Janine et lui m'ont adopté alors que j'étais en pleine détresse, ils ont mis fin à la période la plus désastreuse de ma vie.[5]" Il est en effet probable que, sans Bazin, Truffaut n'aurait pas réussi à surmonter ces crises majeures qui l'amenèrent aux portes d'une marginalité définitive. Pour comprendre ses héros et leurs conflits, il faut donner sa pleine valeur à cette expérience de la délinquance. Truffaut apprit, jeune, qu'il y avait un envers de la vie et de l'ordre social. Un enfant livré par ses parents à la justice est doublement mis au ban du monde normal: il est privé de soutien affectif et exclu de la société. Les désertions de l'armée réactivèrent les expériences de la délinquance juvénile. De Charlie Kohler, le pianiste de bastringue, jusqu'à Lucas Steiner, le metteur en scène juif du *Dernier Métro* caché dans sa cave, en passant par Victor, l'enfant autiste, ou Adèle H. luttant contre la folie, ses personnages sont tous marqués du sceau d'une solitude et d'une exclusion qui renvoient aux premières expériences du cinéaste. Même dans *Vivement Dimanche*, cette comédie légère qui est le dernier film de Truffaut, le coupable déclarera, avant de se suicider, au terme du récit: "Je ne fais pas partie de la société des hommes." Le cinéaste dira, lui: "J'ai toujours préféré le reflet de la vie à la vie elle-même. Si j'ai choisi le livre ou le cinéma dès l'âge de onze ou douze ans, c'est bien parce que j'ai préféré voir la vie à travers le livre et le cinéma.[6]"

Truffaut critique

C'est pendant son séjour d'un an chez les Bazin qu'il commença à écrire sérieusement sous l'égide de son mentor. Sa première critique parut en 1953 dans les *Cahiers du cinéma* dont Bazin était le fondateur et dès 1954 le jeune Truffaut accédait à la

5. François Truffaut, *Le Plaisir des yeux*, éd. Cahiers du cinéma, 1987.
6. *Le Cinéma selon Truffaut*, 1988.

célébrité avec son fameux article :" Une certaine tendance du cinéma français." Dans ce long texte, dense et surtout incroyablement violent, Truffaut entreprenait tout simplement de descendre en flèche les grands noms du cinéma français d'après-guerre.

L'article suscita un vif émoi ; la réputation de Truffaut comme "fossoyeur du cinéma français" était faite. Il l'entretint tout au long des années cinquante avec des articles qui, publiés dans les *Cahiers du cinéma* et *Arts*, n'épargnaient personne. Derrière cette ardeur iconoclaste se profilait pourtant, on le verra, une idée neuve du cinéma qui se manifestera avec l'avènement en 1959 de la Nouvelle Vague. A côté des metteurs en scènes mis au pilori, Claude Autant-Lara ou Jean Delannoy par exemple, Truffaut savait en effet reconnaître les valeurs sûres du cinéma, les maîtres américains et français comme Chaplin, Orson Welles, Nicholas Ray, Alfred Hitchcock, Max Ophuls, Abel Gance, Robert Bresson, Jean Cocteau et surtout Jean Renoir dont l'influence sur son œuvre sera importante et auquel devait l'unir plus tard des liens d'amitié qui durèrent jusqu'à la disparition du cinéaste en 1979. Il fut le premier, et le seul à l'époque, à défendre l'œuvre de Sacha Guitry dont Le *Roman d'un tricheur* l'avait enchanté dès sa jeunesse.

Il reste chez Truffaut critique des traces de la violence du jeune délinquant prêt à défier l'ordre établi comme jadis l'autorité parentale, capable aussi d'un certain opportunisme et d'accès de mauvaise foi, mais il avait désormais trouvé avec le cinéma "sa raison de vivre" et avec les grands metteurs en scène du passé des pères culturels dont il ne se montrera pas indigne. Truffaut, son livre sur Hitchcock le prouve, fut parmi les critiques les plus brillants de son époque. Il continuera à écrire de nombreux articles et préfaces de livres sur le cinéma toute sa vie durant. Deux ouvrages réunissent ses textes les plus importants : *Les Films de ma vie* (1975) et *Le Plaisir des yeux* (1987).

Le jeune turc de la nouvelle vague

Tout en poursuivant sa carrière de critique, Truffaut commençait à faire des incursions dans le monde de la mise en scène. Dès 1955, il travailla brièvement avec Max Ophuls sur *Lola Montès* puis, plus sérieusement, sur plusieurs projets avec Rossellini. Ceux-ci n'aboutirent pas mais il reconnaîtra sa dette envers le metteur en scène italien qui lui permit de se dégager de l'influence du cinéma américain et lui inspirera le tour néo-réaliste des *400 Coups*. Après trois courts métrages il se sentit bientôt prêt, comme plusieurs de ses amis des *Cahiers du cinéma*, à tourner son premier grand film.

Les 400 Coups fut un énorme succès international, raflant des prix dans tous les festivals et rapportant d'importants profits à Truffaut et à son beau-père qui l'avait aidé à produire le film. Sorti le 3 juin 1959, il aura quatorze semaines d'exclusivité réalisant, selon le CNC, un total de 261.141 entrées, ce qui est remarquable pour un premier film sans vedettes. Seul *Le Dernier Métro* connaîtra un succès financier comparable dans la carrière du cinéaste.

Avec son film suivant, *Tirez sur le pianiste,* en 1960, il opérait une brusque rupture de ton. Loin du style classique des *400 Coups*, l'adaptation de ce roman policier de David Goodis se présentait comme un pastiche des films de la série B américaine. Truffaut allait essuyer avec *Le Pianiste* un échec critique et commercial. En décidant de porter à l'écran le roman d'Henri-Pierre Roché, *Jules et Jim*, il abordait encore un registre différent. Histoire d'un ménage à trois et apologue de l'adultère, *Jules et Jim* sortit en 1962 et conquit le public tout en provoquant dans certains pays catholiques ou latins un certain scandale. Le trop grand engouement des spectateurs pour l'héroïne, une femme libre et indépendante jouée par Jeanne Moreau, ayant irrité Truffaut, il décida de faire un film "contre" *Jules et Jim* et de présenter la dimension sordide de l'adultère. Ce principe de l'alternance est d'ailleurs un de ceux qui guideront souvent Truffaut dans le choix de ses thèmes et de son style: "Toujours l'idée qu'après un film, il y a comme un écho et le besoin de corriger le film précédent en fonction de cet écho![7]". Après un court-métrage, *Antoine et Colette,* qui reprenait Doinel à vingt ans avec Léaud, Truffaut tourna donc *La Peau douce* avec Françoise Dorléac et Jean Desailly en 1964. Son style sec et très découpé qui contrastait avec le lyrisme bucolique de *Jules et Jim,* déplut. Ce film fut pour plus d'un critique l'occasion de déclarer la Nouvelle vague morte et d'accuser Truffaut de faire le genre de film qu'il aurait attaqué lorsqu'il était critique. Ce fut la première apparition d'un poncif qui allait poursuivre le cinéaste pendant le reste de sa carrière.

Après *La Peau douce*, Truffaut se consacra à son livre d'entretiens avec Hitchcock qui sortira en 1966. Ses deux films suivants *Fahrenheit 451* (1966) et *La mariée était en noir* (1967) reflètent l'influence du maître du suspense par la primauté accordée à l'image sur la parole. Tirés tous deux de romans américains, le premier présente une société où on brûle les livres et le second une femme qui cherche vengeance d'un rêve d'enfance à jamais brisé, thèmes qui reprenaient de façon indirecte les préoccupations personnelles de Truffaut.

Mais la plus franche réussite du cinéaste dans les années soixante sera *Baisers volés* en 1968. Renonçant à adapter une œuvre littéraire, Truffaut poursuivait avec ce film léger et désinvolte la saga d'Antoine Doinel et trouvait avec

7. *Le Cinéma selon Truffaut,* 1988.

une inspiration directement autobiographique le meilleur de sa forme. Tourné au moment de l'affaire Langlois, que Malraux avait démis de son poste à la tête de la Cinémathèque et que Truffaut, par son action militante, réussit à maintenir dans ses fonctions, ce film d'improvisation lui valut le prestigieux prix Louis Delluc et une nomination aux Oscars.

Le cinéaste « bourgeois »

Après ce succès, s'ouvre pour Truffaut une période de grande productivité puisque de 1969 à 1973, il ne fera pas moins de six films. C'est aussi une époque qui marque paradoxalement un certain déclin de sa réputation et de sa popularité. A la veille de *La Nuit américaine*, Truffaut était considéré par plus d'un critique comme un metteur en scène qui n'avait pas su tenir ses promesses. Avec Mai 68, tout avait changé en France. L'action militante était à l'honneur. C'était l'époque Mao des *Cahiers du cinéma* et celle où Godard abandonnait le cinéma commercial pour partir filmer les ouvriers des usines. Sa longue amitié avec Truffaut prendra justement fin lorsque ce dernier refusera de financer un de ses projets. Les sciences sociales connaissaient par ailleurs un brillant essor et occupaient le devant de la scène intellectuelle française alors que les œuvres d'imagination se faisaient plus rares.

Truffaut choisit ce moment pour renouer avec le mélodrame en tournant en 1969 *La Sirène du Mississippi* avec deux grandes vedettes, Catherine Deneuve et Jean-Paul Belmondo. Le film fut mal compris et mal reçu. Même son seul grand succès de cette période, *L'Enfant sauvage* (1970), où Truffaut jouait le rôle de l'éducateur d'un enfant trouvé dans les bois, sera critiqué par certains qui y virent une valorisation intempestive de la notion traditionelle de culture. La même année, le cinéaste proposait avec *Domicile conjugal* le troisième volet du cycle Doinel dans un style léger et ironique que marquait l'influence de Lubitsch. Ce film, où il traitait une fois de plus le thème de l'adultère, n'était guère dans l'esprit du temps. Il confirma la réputation de Truffaut comme cinéaste bourgeois "récupéré par le système". Mais c'est *Les Deux Anglaises et le continent*, tourné en 1971, qui marqua sans doute le point le plus critique de sa carrière. Ce film lyrique et élégiaque, tiré du roman et des carnets intimes d'Henri-Pierre Roché, parut désuet. Il compte en fait parmi les œuvres les plus originales de Truffaut, qui se montra particulièrement affecté par son échec. Dans la foulée, il fera *Une belle fille comme moi* en 1972, où il présentait, sur un mode sarcastique et persifleur l'affrontement d'un sociologue et de son sujet d'étude, une délinquante sans foi ni loi qui le tournait en ridicule. Truffaut manifestait avec cette satire endiablée ce qu'il appelait sa "haine du documentaire", genre alors très largement pratiqué. Ce film provocateur, dont le dialogue d'une grande verdeur de langage semblait contraster avec le tour littéraire de ses autres films, fut considéré comme une faute de goût. *La Nuit américaine* (1973), où Truffaut décrivait le tournage d'un film et tenait lui-même le rôle du metteur en scène, marqua enfin le retour du grand succès populaire. Hollywood lui décernera un Oscar.

Cette époque prolifique mais conflictuelle reflète la distance prise par Truffaut avec l'esprit de son temps. Homme solitaire, décalé par rapport à son époque, anachronique ou plutôt atemporel, le cinéaste cherche encore son style personnel en s'inspirant des œuvres des maîtres du passé. Ce qui frappe le plus dans cette série de films, c'est la grande versatilité des genres qui y sont abordés. Chaque œuvre représente une veine et un style différents contrastant avec le précédent. La fin de sa carrière sera au contraire marquée par une grande homogénéité.

Le maître du style indirect

Avec *L'Histoire d'Adèle H.*, Truffaut poursuit en 1975 le travail amorcé dans *L'Enfant sauvage* : économie narrative, maîtrise, refus du pittoresque et du documentaire. Son art du récit est à partir de cette époque explicitement inspiré par le souci de s'opposer à l'influence de la télévision. Contre les images en direct, il cultive une stylisation abstraite et dépouillée. *L'Argent de poche* en 1976 constitue, avec *Les 400 Coups* et *L'Enfant sauvage*, le troisième volet de son tryptique sur l'enfance. Après un séjour en Amérique pour aller jouer dans le film de Steven Spielberg, *Rencontres du troisième type*, il tournera *L'Homme qui aimait les femmes* (1977) et *La Chambre verte* (1978) où il pose le problème de l'activité créatrice qui représente, avec l'amour, un des grands thèmes de son oeuvre. En 1979, il clôt par ailleurs avec *L'Amour en fuite* le cycle des Doinel. Ce film, composé en partie d'extraits de la série, est un de ceux dont Truffaut se déclarera peu satisfait. *Le Dernier Métro,* où il poursuit en 1980 la veine polyphonique de *La Nuit américaine* et de *L'Argent de poche* avec l'histoire d'un théâtre sous l'occupation, marque par contre l'apogée de sa gloire et remporte dix Césars. Pourtant c'est son film suivant, *La Femme d'à côté* (1982), qu'il faut sans doute considérer comme son œuvre la plus maîtrisée et la plus parfaite d'un point de vue formel. *Vivement Dimanche!*, une comédie policière où le cinéaste pratique l'art de la citation et un style elliptique particulièrement efficace, sera son dernier film. Truffaut, qui eut en 1983 avec Fanny Ardant une troisième fille, Joséphine, mourra le 21 octobre 1984 d'une tumeur au cerveau. Il laissait dans ses tiroirs des quantités de projets inachevés.

Truffaut sut très tôt s'entourer d'un groupe de fidèles collaborateurs qui comptent parmi les grands professionnels du cinéma. Dès *Tirez sur le pianiste*, Suzanne Schiffmann deviendra son assistante. Elle travaillera avec lui sur tous ses films, participant à l'écriture de leur scénario et à leur mise en scène. C'est aussi avec cette œuvre que Truffaut confie pour la première fois la musique à Georges Delerue. Celui-ci écrira de très belles partitions pour un grand nombre de ses réalisations. Avec *Jules et Jim*, il commença une longue collaboration avec Jean Gruault auquel il avait demandé d'adapter le livre. Il fera ensuite appel à Gruault pour ses films d'époque qui seront tous tirés d'oeuvres littéraires ou de documents historiques comme *L'Enfant sauvage* ou *L'Histoire d'Adèle H.* Helen Scott, qui lui avait servi d'interprète lors de ses entretiens avec Hitchcock, sera la traductrice attitrée de ses films en langue anglaise et une de ses amies les plus proches jusqu'à sa mort. Nestor Almendros commencera, lui, à travailler pour Truffaut avec le tournage de *L'Enfant sauvage* et sera le directeur de la photographie pour huit de ses douze films suivants. Truffaut savait aussi repérer les jeunes talents. Il donnera leur premier grand rôle à des comédiens depuis confirmés comme Marie-France Pisier, André Dussolier, Nathalie Baye ou Isabelle Adjani.

Cinéphile, critique et cinéaste, Truffaut a consacré sa vie au cinéma. Célébrés dans le monde entier, ses films sont, avec ceux d'Alain Resnais, d'Eric Rohmer et de Jean-Luc Godard, parmi les rares productions françaises à avoir touché un public international. Son œuvre, dont la réputation ne cesse de grandir depuis sa mort, s'affirme comme l'une des plus originales de la seconde moitié du vingtième siècle.

GENERIQUE

SCÉNARIO ORIGINAL François Truffaut

ADAPTATION ET DIALOGUES François Truffaut et Marcel Moussy

DIRECTEUR DE LA PHOTOGRAPHIE Henri Decae

CADREUR Jean Rabier

ASSISTANT-OPÉRATEUR Arthur Levent

PREMIER ASSISTANT MISE EN SCENE Philippe de Broca, assisté de Alain Jeannel, Francis Cognany, Robert Bober

SCRIPTE Jacqueline Parey

INGÉNIEUR DU SON Jean-Claude Machetti

PERCHMAN Jean Labussière

DÉCOR Bernard Evein

ACCESSORISTE Raymond Lemoigne

PHOTOGRAPHE DE PLATEAU André Dino

MONTAGE Marie-Josèphe Yoyotte, assistée de Michèle de Possel, Cécile Decugis

DIRECTEUR DE PRODUCTION Georges Charlot

RÉGISSEUR GÉNÉRAL Jean Lavie, assisté de Robert Lachenay

ADMINISTRATEUR DE PRODUCTION Roland Nonin

SECRÉTAIRE DE PRODUCTION Luce Deuss

PRODUCTION Les Films du Carrosse, SEDIF

DATES DE TOURNAGE 10 novembre 1958 au 3 janvier 1959

LIEUX DE TOURNAGE Paris, Normandie

DURÉE Durée 93 minutes

REMERCIEMENTS Jean-Claude Brialy, Jeanne Moreau, Claude Vermorel, Claire Maffëi, Suzanne Lipinska, Alex Joffé, Fernand Deligny, Claude Véga, Jacques Josse, Annette Wademant, l'Ecole Technique de Photographie et de Cinématographie

DISTRIBUTEUR Cocinor
Ce film est dédié à la mémoire d'André Bazin.

INTERPRETES Interprètes Jean-Pierre Léaud (Antoine Doinel), Albert Rémy (le beau-père), Claire Maurier (la mère), Patrick Auffray (René Bigey), Georges Flament (Mr Bigey), Yvonne Claudie (Mme Bigey), Robert Beauvais (le directeur de l'école), Pierre Repp (le professeur d'anglais), Guy Decomble (l'instituteur), Claude Mansard (le juge d'instruction), Henri Virlojeux (le gardien de nuit), Jeanne Moreau (la jeune femme au chien), Jean Douchet (l'amant), Jean-Claude Brialy, Christina Brocard, Bouchon, Marius Laurey, Luc Andrieux, Jacques Monod et les enfants : Richard Kanayan (Abbou), Daniel Couturier, François Nocher, Renaud Fontanarosa, Michel Girard, Serge Moati, Bernard Abbou, Jean-François Bergouignan, Michel Lesignor.
Prix Grand Prix de la mise en scène au Festival de Cannes 1959. — Grand Prix de l'OCIC à Cannes. — Prix Joseph Burstyn du meilleur film étranger 1959 (U.S.A.). — Prix du meilleur film étranger 1959 de la Critique new-yorkaise. — Prix Méliès, 1959. — Prix Fémina belge du Cinéma (Olivier d'Or). — Prix du Festival Mondial d'Acapulco.— Grand Prix des Valeurs Humaines de Valladolid (Epi d'Or). — Prix des journalistes autrichiens (Plume d'Or). — Laurier d'Argent de David O'Selznick. — Nomination aux Oscars d'Holywood de 1959 dans la catégorie: meilleurs scénarios écrits directement pour l'écran.

Jean-Pierre Léaud et le cycle Doinel

Né en 1944 à Paris, Jean-Pierre Léaud eut une enfance instable et perturbée : entre l'âge de six et de quatorze ans, il ne changea pas moins de douze fois de pension. C'est dans l'une de ces écoles qu'il lut dans un journal que Truffaut cherchait un interprète pour son film. Il lui écrivit immédiatement. Pour trouver le héros des *400 coups*, Truffaut avait en effet fait passer une annonce dans *France-Soir*. Il reçut plus de deux cents lettres. Ayant éliminé tous les candidats provinciaux pour leur éviter le déplacement à Paris, Truffaut sélectionna une centaine d'enfants pour des bouts d'essai en 16 mm.

Voici comment il décrit sa rencontre avec Léaud : "J'avais d'abord reçu des photos d'identité sur lesquelles il avait les cheveux très longs et très blonds. Je me souviens d'avoir noté sur une feuille : intéressant mais le visage trop féminin. Et puis, quand il est arrivé, il avait les cheveux presque rasés, il était le contraire: tout d'un coup il m'a semblé trop brutal. Mais dès les premiers essais, dès qu'il parlait devant la caméra, c'était le plus intéressant de tous. Il donnait une grande impression d'intensité, de nervosité; il faisait le type décontracté mais il ne l'était pas du tout. Il y avait chez lui une violence, un grand désir d'avoir le rôle. (...) C'étaient des sortes d'éliminatoires car je faisais revenir les enfants tous les jeudis ; au deuxième jeudi, il s'est imposé, c'était évident que ce serait lui. Mais il y avait des décalages avec le scénario : il était plus agressif, moins soumis comme personnage. Le mien était plutôt humble et faisant vraiment ses coups en douce. Lui était plus arrogant, plus effronté même! Je voyais donc le personnage se décaler légèrement, mais il y apportait une telle vie que ça me plaisait et je l'acceptais.[1]" Antoine Doinel était né. L'accord entre le metteur en scène et son interprète sera si fort que par un mimétisme étonnant, Jean-Pierre Léaud ressemblera de plus en plus à Truffaut au fil des années, au point que des spectateurs prendront parfois le second pour le premier comme ce patron de bistrot qui déclarait à Truffaut au lende-

1. *Le Cinéma selon Truffaut*, éd. Flammarion, 1988.

main d'un passage de *Baisers volés* à la télévision: "Ce film—là, vous avez dû le tourner il y a un certain temps, hein, vous étiez plus jeune..."[2]

Truffaut filmera Jean-Pierre Léaud à divers âges de sa vie et la série complète des Doinel, après *Les 400 Coups*, se compose d'abord de l'excellent court-métrage *Antoine et Colette* réalisé pour un film collectif intitulé *L'Amour à vingt ans* (1961). Tourné en noir et blanc, ce bref récit reprend l'épisode de l'histoire d'amour malheureuse qui mena en 1950 Truffaut à s'engager dans l'armée. Traité sur un mode humoristique, le film montre Doinel tomber sous le charme d'une jeune fille (Marie-France Pisier) rencontrée à des concerts des Jeunesses Musicales de France, qui remplacent ici les séances de la Cinémathèque, puis lui faire sans succès la cour. Le jeune homme qui vit seul n'hésite pas à aller s'installer dans un hôtel en face de l'immeuble où elle habite et à s'incruster chez ses parents dont il devient un familier. Pour Colette, il ne sera jamais qu'une sorte de cousin encombrant. Le dernier plan du film le montre planté devant la télévision entre le père et la mère de la jeune fille tandis que celle-ci disparaît pour la soirée avec un autre soupirant. La musique et les lettres jouent un rôle important dans ce petit récit auquel la distance imposée par une narration rapide et concise, avec flashbacks et voix off, confèrent une force cruellement ironique. L'objet du désir sera toujours pour Doinel placé sous le signe d'une intense idéalisation et d'un manque que tente d'abolir le cérémonial de l'écriture.

On le retrouve justement dans *Baisers volés* (1968) amoureux d'une "apparition", Fabienne Tabard, à laquelle il envoie, dans une des scènes les plus célèbres du film, un pneumatique dont la caméra suit le trajet souterrain à travers Paris. Chassé de l'armée où il s'est engagé par désespoir amoureux (toujours les repères autobiographiques), Antoine, qui fait une série de petits métiers, est en effet devenu détective dans un magasin de chaussures et Fabienne, que joue Delphine Seyrig, est la femme du patron (Michel Lonsdale). Dans ce film bondissant qui est le plus franchement comique de son œuvre, Truffaut combine les influences de Renoir et de Lubitsch et trouve le ton qui restera définitivement attaché au personnage de Doinel. Le récit se présente comme la confron-

2. François Truffaut, *Le Plaisir des yeux*, éd. Cahiers du cinéma, 1988.

tation d'Antoine avec une série de figures masculines dont il défie tour à tour l'autorité tandis qu'il hésite entre deux femmes, Fabienne et la pure jeune fille qui l'aime, Christine (Claude Jade). C'est avec la seconde qu'il formera finalement un couple au terme de ce film qui est ainsi le seul de Truffaut à présenter un "happy ending" sur le modèle des comédies classiques. Pourtant dans la dernière image un homme énigmatique viendra dénoncer Doinel comme imposteur et déclarer à Christine que lui seul est digne de son intérêt. L'amour se présente toujours chez Truffaut comme une structure ternaire — *Jules et Jim*, *Les Deux Anglaises* ou *Le Dernier métro* le prouvent amplement — reflétant l'interdit qui pèse sur la formation du couple. On verra que *Les 400 Coups* pose le modèle des relations futures d'Antoine avec les femmes et révèle l'origine de la malédiction qui semble s'attacher à sa quête amoureuse. Mais à la facture pseudo-naturaliste du premier film s'oppose dans *Baisers volés* la légèreté d'un style qui trouve un équilibre rare entre le réalisme du détail — description du magasin de chaussures ou de l'agence de détective — et l'abstraction de formes narratives plus classiques et atemporelles. *Baisers volés* reprend, sous une forme atomisée et indirecte le schéma du mythe œdipien dont Truffaut propose une version hautement subversive. Le naturel des dialogues, des situations et des personnages, qu'incarnent de grands comédiens, font de ce film un chef-d'œuvre d'invention et de spontanéité.

Domicile conjugal (1970) est une œuvre plus ambiguë. On y suit la vie désinvolte mais difficile du couple formé dans *Baisers volés*. Antoine, qui n'a toujours pas de métier stable et passe sans jamais paraître s'inquiéter d'une profession fantaisiste à l'autre, aura un fils et une maîtresse japonaise. Construit comme une série de gags fortement inspirés du style de Lubitsch, le film sous son apparence décousue et insouciante met en relief les thèmes de la solitude et de l'échec de la communication. Il marque non seulement la distance entre Antoine et Christine mais aussi l'impossibilité où sont les personnages de trouver un langage commun. Avec la jeune japonaise ou son patron américain, Doinel se verra contraint de parler par gestes ou de recourir à des phrases préfabriquées dont il ne maîtrise pas le sens. Des fleurs, des images ou des objets remplacent aussi souvent les mots. Dans ce film rempli de personnages épisodiques et secondaires qui croisent le chemin du héros, chacun soliloque, hanté par une idée fixe, en proie à des tics ou des manies. Un pessimisme désenchanté se dégage de cette vision un peu grinçante de la vie en communauté et Doinel, qui vieillit sans devenir adulte, rompt progressivement les ponts avec le réel.

Le charme du film tient à l'ingéniosité de certains gags et à la vivacité des dialogues. De cette œuvre Truffaut déclarait : "Dans *Domicile conjugal*, j'ai l'impression d'avoir été sévère avec Antoine Doinel et d'avoir jeté sur lui un regard critique, comme sur Pierre Lachenay dans *La Peau douce*. C'est sans doute parce que *Domicile conjugal* nous montre non plus un adolescent mais un adulte et que je suis moins tendre pour les adultes que pour les adolescents, même si Pierre Lachenay ressemble à Antoine Doinel comme un frère.[3]"

L'Amour en fuite (1978) représente dans l'œuvre de Truffaut une expérience sans doute unique au cinéma. Reprenant des extraits de la série des Doinel, le cinéaste a construit son récit comme un puzzle où les fragments des anciens films jouent le rôle de flash-backs. La juxtaposition du visage des acteurs — Jean-Pierre Léaud, Claude Jade, Marie-France Pisier — à différents moments de leur vie confère à ce film la dimension d'une réflexion sur le passage du temps. Le récit, où viennent s'insérer ces documents appartenant à l'histoire du cinéma, est volontairement artificiel et léger. Doinel, qui vit séparé de sa femme, divorce ; il est aussi l'auteur d'un roman, *Les Salades de l'amour*. Au cours de l'histoire, il rencontrera cet amant de sa mère entrevu place Clichy dans *Les 400 Coups* et ira avec lui sur la tombe de Madame Doinel qui se trouve au cimetière Montmartre à côté de celle de Marguerite Gautier, la dame aux camélias. Comme l'indique ce détail, les personnages de la saga Doinel entrent ici de plain-pied dans l'univers de la fiction au côté des héros et héroïnes classiques. Antoine Doinel est devenu un mythe qui appartient aux archives du cinéma. Avec cet ultime volet de la série, Truffaut se sépare de son double qu'il abandonne dans la dernière image du film au temps des *400 Coups*, tournoyant dans le Rotor.

Où Truffaut a-t-il trouvé le nom de son personnage? Il l'explique lui-même: "Pendant longtemps j'ai cru sincère-

3. François Truffaut, *op. cit.*, 1987.

ment l'avoir inventé jusqu'au jour où quelqu'un m'a fait remarquer que j'avais simplement emprunté celui de la secrétaire de Jean Renoir, Ginette Doynel!"

Jean-Pierre Léaud a joué dans deux autres films de Truffaut. Il était, dans un registre fort différent, le jeune bourgeois dilettante du début du siècle des *Deux Anglaises* mais reviendra avec *La Nuit américaine* à un personnage proche de Doinel, sorte de réplique ironique du metteur en scène qu'interprète Truffaut

S'il est resté profondément marqué par ces rôles, Jean-Pierre Léaud, a aussi tourné pendant les années soixante plusieurs films avec Godard, de *Masculin Féminin* au *Gai Savoir*, devenant ainsi l'acteur fétiche de la Nouvelle Vague. Il avait d'ailleurs coutume de dire: "Truffaut est mon père et Godard mon oncle." Il incarne, chez ces metteurs en scène, un nouveau type de héros masculin, désorienté, incertain, vulnérable, maladroit avec les femmes et incapable de socialisation, dont le personnage qu'il joue dans le film de Jean Eustache *La Maman et la Putain* représente la version la plus fortement marquée par Mai 68. On a pu dire que Léaud reprenait pour cette génération la place d'Humphrey Bogart pour la jeunesse des années quarante, c'est-à-dire celle d'un mythe créé par le cinéma et destiné à faire passer, de film en film, grâce à un code fait de certains gestes, phrases, mimiques, attitudes ou détails vestimentaires le message d'une indifférence désinvolte envers toute contrainte, que ce soient celle du couple, du travail ou même simplement du passage du temps. Prisonnier de cette image ancrée dans une époque, Léaud poursuit pourtant une carrière active qui est loin d'être terminée comme le prouve sa filmographie complète.

C'est finalement encore Truffaut qui offre de Léaud la description la plus mémorable lorsqu'il écrit en 1984: "Les fanatiques de la vraisemblance concentrent leurs critiques contre les comédiens maigres, aux joues creuses et à la chevelure en bataille, les acteurs bressoniens que leur introversion fait s'exprimer comme des ventriloques douloureux. Contrairement aux bons gros culottés, les acteurs maigres ne dissimulent pas leur peur ni un léger tremblement dans la voix, ce ne sont pas des dompteurs mais des indomptables. (...) Je viens de faire ici le portrait de Jean-Pierre Léaud et d'expliquer pourquoi il ne plaît pas à tout le monde et pourquoi il plaît si fort à ceux à qui il plaît. Jean-Pierre Léaud est un acteur anti-documentaire, même quand il dit bonjour, nous basculons dans la fiction, pour ne pas dire la science-fiction[4]. »

1

4. François Truffaut, *op. cit.*, 1987.

Filmographie

1959 : *Les 400 Coups* (François Truffaut)
1960 : *Le Testament d'Orphée* (Jean Cocteau)
Boulevard (Julien Duvivier)
1961 : *Antoine et Colette* (François Truffaut)
1965 : *La Concentration* (Philippe Garrel)
1966 : *Le Père Noël a les yeux bleus* (Jean Eustache)
Masculin Féminin (Jean-Luc Godard)
Made in U.S.A. (Jean-Luc Godard)
1967 : *Le Départ* (Jerzy Skolimovsky)
La Chinoise (Jean-Luc Godard)
Week-end (Jean-Luc Godard)
1968 : *Le Gai Savoir* (Jean-Luc Godard)
Baisers volés (François Truffaut)
Paul (Diurka Medveczky)
1969 : *Porcherie* (Pier Paolo Pasolini)
Le Lion à sept têtes (Glauber Rocha)
1970 : *Domicile conjugal* (François Truffaut)
Out one (Jacques Rivette)
Une aventure de Billy le Kid (Luc Moullet)
1971 : *Les Deux Anglaises et le continent* (François Truffaut)
1972 : *Le Dernier Tango à Paris* (Bernardo Bertolucci)
1973 : *La Maman et la Putain* (Jean Eustache)
La Nuit américaine (François Truffaut)
1974 : *Les Lolos de Lola* (Bernard Dubois)
1975 : *Embraces* (Jochen Ritchter)
1978 : *L'Amour en fuite* (François Truffaut)
Parano (Bernard Dubois)
1980 : *Aiutamia sognare* (Pupi Avati)
1981 : *La Cassure* (Roman Munoz)
1982 : *Rebelote* (Jacques Richard)
1984 : *Détective* (Jean-Luc Godard)
1985 : *Le Tueur assis* (Jean-André Fieschi)
1986 : *Corps et biens* (Benoît Jacquot)
1987 : *Jane vestida o desnuda* (Agnès Varda)
Les Keufs (Josiane Balasko)
36 Fillette (Catherine Breillat)
1988 : *La Couleur du vent* (Pierre Granier-Deferre)
La Femme de paille (Suzanne Schiffman)
Bunker Palace Hotel (Enki Bilal)
1990 : *J'ai engagé un tueur* (Aki Kaurismaki)

CONTEXTE

En 1959 sortent, en même temps que *Les 400 Coups*, deux films qui seront également salués comme représentatifs d'une nouvelle esthétique au cinéma : *Hiroshima mon amour* d'Alain Resnais, et *Les Cousins*, de Claude Chabrol. Ajoutons à ce trio vainqueur la révélation que fut en 1960 *A Bout de souffle* de Jean-Luc Godard (dont Truffaut avait écrit le scénario), et la Nouvelle Vague est lancée. L'expression n'avait à l'origine aucun lien avec le cinéma. Françoise Giroud l'avait utilisée dans *L'Express* pour désigner la génération des dix-huit/trente ans sur laquelle elle avait mené une grande enquête. Mais le changement qu'elle pressentait dans l'esprit du temps se cristallisa finalement sur les innovations du jeune cinéma.
Sous le label Nouvelle Vague, on eut vite fait de classer tous les réalisateurs de l'époque qui faisaient leur premier film. En fait, pour avoir la liste complète des metteurs en scène représentatifs du mouvement, il faut joindre aux noms cités plus haut (mais Resnais, plus âgé, s'est toujours un peu démarqué du reste du groupe) ceux de Jacques Rivette et d'Éric Rohmer ainsi que d'un ou deux précurseurs comme Roger Vadim et Alexandre Astruc. La Nouvelle Vague n'a jamais été une école. Largement constituée de cinéphiles convaincus qui avaient débuté comme critiques, elle représente surtout une réaction contre les contraintes imposées à la mise en scène pendant les années cinquante et se caractérise par une volonté de remonter aux sources du cinéma afin d'y retrouver la vitalité et l'invention d'un langage nouveau. Truffaut avait été par ses articles le porte-parole le plus flamboyant de la génération montante. Fustigeant le cinéma de "qualité française", il n'avait cessé de dénoncer trois dictatures qui entravaient la liberté de création au cinéma: celle des producteurs, celle des dialoguistes et celle des vedettes.

Les films de la Nouvelle Vague seront faits avec de petits budgets et produits de façon indépendante, l'autonomie financière permettant de dégager la mise en scène du contrôle des industriels du cinéma. *Les 400 Coups* ne coûtera par exemple que trente-sept millions de francs anciens (370 000 francs). Le tournage en décors naturels et l'usage du noir et blanc répondent en partie à ce souci d'économie mais reflètent aussi le désir d'un retour aux origines après l'artifice des studios et les couleurs criardes du technicolor des années cinquante. Il s'agit aussi de "déthéâtraliser le dialogue", comme le disait Truffaut qui affirmait: "En dehors de trois noms qui ont dominé le cinéma d'avant-guerre, je veux dire Jean Renoir, Abel Gance et Jean Vigo, l'écran n'a été qu'un sous-produit du théâtre ou du roman[1]". Les bêtes noires du cinéaste étaient Michel Audiard, Henri Jeanson et surtout le tandem composé par Jean Aurenche et Pierre Bost dont les scénarios et les dialogues donnaient leur ton aux productions de l'époque et transformaient les films en une suite de mots d'auteurs et de calembours anti-cléricaux ou anti-militaristes.

Le problème de l'adaptation littéraire a été, pendant ses années de critique, le cheval de bataille de Truffaut qui ne tolérait pas la coutume alors prévalente de réduire les romans, par exemple *Le Diable au corps*, à l'illustration de grands moments dialogués à la sauce cinéma, c'est-à-dire sans aucun respect pour le style de l'écrivain. A ce procédé, Truffaut substituera ce qu'il appelle une "lecture filmée" dont le modèle restera pour lui l'adaptation du *Journal d'un curé de campagne* de Bernanos par Robert Bresson. Pour cela, il faut faire alterner " les scènes construites non pas comme des scènes de théâtre, mais des scènes jouées et dialoguées et puis des choses carrément narratives, le commentaire." (*Cinéastes de notre temps*). Le texte du romancier accompagne ainsi en voix off le film. Ce sera la formule retenue pour l'adaptation de *Jules et Jim*.

Il fallait aussi échapper au « star-system » qui avait atteint dans les années cinquante des proportions démesurées. On construisait un film autour d'une vedette et de ses exigences: "Personnellement, disait Truffaut en 1959, je refuserai systématiquement de faire des films avec cinq vedettes: Fernandel, Michèle Morgan, Jean Gabin, Gérard Philipe et Pierre Fresnay. Ce sont des artistes trop dangereux qui décident du scénario ou le rectifient s'il ne leur plaît pas. (...) Ils influencent la mise en scène, exigent des gros plans. Ils n'hésitent pas à sacrifier l'intérêt d'un film à ce qu'ils appellent leur standing.[2]" Scénaristes et vedettes combinaient d'ailleurs leurs influences néfastes pour créer un mode de représentation où les personnages sont divisés (bons/mauvais, premiers/seconds rôles) selon une dichotomie simpliste répondant aux clichés les plus caricaturaux. Au lieu de favoriser les vedettes des films à coups de répliques qui font mouche, Truffaut luttera contre cette hiérarchie conventionnelle des personnages et refusera, dans *Jules et Jim* par exemple, de ridiculiser le mari trompé.

Ces différentes critiques du système convergeaient toutes vers une même exigence : rendre au metteur en scène sa pleine liberté d'expression et au film sa spécifi-

---

1. Anne Gillain, *Le Cinéma selon Truffaut*, éd. Flammarion, 1988.
2. Anne Gillain, *op. cit.*, 1988.

cité de média visuel, sans lui interdire pour autant de conjuguer ses talents avec ceux de la littérature. Le message sous-jacent était, lui, que le réalisateur est un auteur au même titre qu'un écrivain et que dans un film se retrouve, comme dans un roman, l'expression d'une sensibilité. Ces notions qui vont de soi maintenant étaient audacieuses dans les années cinquante où le cinéma était considéré comme un travail technique collectif destiné à amuser les foules. Les jeunes critiques des *Cahiers du cinéma* ne se contentèrent pas de voir dans les grands cinéastes du passé des artistes à part entière ; ils entendaient aussi refléter par le tour personnel de leur propre travail la vérité de leurs théories.

On ne peut donc guère reprocher aux cinéastes de la Nouvelle Vague de s'être très vite séparés pour faire des œuvres de facture et de ton différents; c'était en fait l'idéal même qu'entendait défendre leur mouvement. Ils prirent chacun la direction qui leur était propre mais ils avaient brisé le moule conventionnel où se sclérosait le cinéma de l'époque. La Nouvelle Vague compte parmi les mouvements esthétiques les plus notables de l'histoire du cinéma. Elle correspond à une définition neuve de ce mode d'expression qui, à partir des années soixante, se verra peu à peu doté d'un statut nouveau dans la vie culturelle internationale. Les écrits des jeunes critiques allaient favoriser la multiplication des études approfondies sur les films et leur mode de réalisation servir de référence aux cinéastes futurs en France et à l'étranger. Trente ans plus tard, les théories de la Nouvelle Vague conservent leur actualité ; elles sont en fait devenues la norme acceptée.

Malgré la diversité de leur carrière future, il n'en demeure pas moins que le travail de ces jeunes réalisateurs possède certaines caractéristiques en commun: acteurs inconnus, improvisation, tournages en extérieurs, utilisation du noir et blanc, scénario original, réalisme des dialogues, réconciliation aussi des deux vocations originelles du cinéma : documentaire (Lumière) et fiction (Méliès). *Les 400 Coups* réunit, on le verra, ces différents traits.

Œuvres de cinéphiles, les films de la Nouvelle Vague comportaient également de nombreuses allusions au ciné-ma, citations des maîtres et ce que l'on a appelé des "private jokes", c'est-à-dire des clins d'œil destinés aux gens du métier. Dans *Les 400 Coups*, on trouvera ainsi des références à Jean Vigo (Truffaut cite dans l'épisode du professeur de gymnastique une scène de *Zéro de conduite*), à Jean Renoir (Georges Flament qui tient le rôle du père de René jouait dans *La Chienne*), à Ingmar Bergman (Antoine vole une photo du film *Monika* dans le hall d'un cinéma) mais on entend aussi l'instituteur rappeler à l'ordre dans la cour de récréation un élève nommé Chabrol, l'amant de Madame Doinel n'est autre que Jean Douchet — un critique éminent des *Cahiers* — et un des agents du commissariat est joué par Jacques Demy. Enfin, lorsque la famille Doinel va passer la soirée au Gaumont Palace, c'est pour y voir *Paris nous appartient* de Jacques Rivette (film alors en cours de tournage et qui sortira en 1961).

Les 400 Coups fut tourné en cinquante cinq jours à Paris et à Honfleur. Au soir de la première journée de tournage, le 10 novembre 1958, Truffaut se précipita au chevet d'André Bazin qui était très malade. Il mourut le lendemain matin. Le film est dédié à sa mémoire.

L'HISTOIRE EN BREF

C'est l'hiver et Paris est gris en cette fin des années cinquante. Antoine Doinel est un enfant solitaire d'une douzaine d'années. Livré à lui-même à la maison entre une mère glaciale et un père farceur mais démissionnaire et cocu, il ne se trouve bien que dans les rues avec son ami René. A l'école, c'est un cancre persécuté par un instituteur borné. Le jour où commence l'histoire, le maître lui inflige un pensum pour s'être fait pincé en classe avec la photo d'une pin up. Le lendemain Antoine, qui a oublié d'écrire sa punition, fait l'école buissonnière avec son ami René. Au cours de cette journée de ballade, les deux adolescents vont à la fête foraine ; un peu plus tard le jeune Antoine surprend, place Clichy sa mère dans les bras de son amant.

Le lendemain Antoine retourne en classe et déclare à l'instituteur, pour expliquer son absence, que sa mère est morte. Le mensonge est bien vite découvert et l'enfant giflé par son père en pleine classe. Il décide de ne pas retourner chez lui. René le conduit dans une imprimerie où il trouve refuge pour la nuit. Il s'y endort mais, réveillé par des ouvriers, s'enfuit et erre dans les rues obscures toute la nuit. Au petit matin il vole une bouteille de lait, se lave dans la fontaine de la Trinité et rentre en classe au petit matin.

Sa mère, affolée, vient le chercher à l'école et le ramène à la maison où elle lui propose un marché : s'il écrit un bon devoir de français, elle lui donnera de l'argent. Antoine se plonge avec passion dans la lecture de *La Recherche de l'absolu* de Balzac. En classe, le jour de la composition de français, on le voit écrire fiévreusement. Rentré chez lui, il allume une bougie devant un petit autel aménagé à la gloire du romancier dans sa chambre. Elle met le feu au logis familial pendant le dîner. Son père, furieux, éteint l'incendie mais sa mère prend la défense de l'enfant et, pour détendre l'atmosphère, propose qu'ils aillent tous les trois au cinéma.

A l'école, le maître annonce

à Antoine qu'il a la plus mauvaise note de la classe à sa composition pour avoir plagié Balzac. Il veut l'expédier chez le directeur. Antoine s'enfuit; René l'héberge chez lui. Son père joue et sa mère boit mais ils ont de l'argent et vivent dans un grand appartement. Les enfants sortent le soir au cinéma, jouent et fument. Ils vont à une séance de guignol où ils prennent la décision de voler une machine à écrire dans le bureau du père d'Antoine. Ce dernier opère le larcin.

La machine se révèle invendable et Antoine décide de la rapporter. Il se fait prendre par le gardien de nuit qui appelle son père. Monsieur Doinel conduit son fils au commissariat où il passe une partie de la nuit entre un malfaiteur et des prostituées. Puis on le conduit en prison où il sera incarcéré pour vol et vagabondage. Du fourgon qui traverse un Pigalle nocturne scintillant de néons, Antoine regarde une dernière fois Paris et pleure.

Transféré dans un centre d'observation pour mineurs délinquants à proximité de la mer, on le voit d'abord recevoir une gifle au réfectoire pour avoir entamé son pain, puis répondre, plus tard, aux questions d'une psychologue. Sa mère vient le voir et lui annonce qu'à la suite d'une de ses lettres, où Antoine racontait vraisemblablement l'épisode de l'amant, ses parents ont décidé de ne plus le revoir. Au cours d'une partie de football, Antoine se glisse sous la clôture et s'enfuit à travers bois. Il échappe à ses poursuivants et court longuement jusqu'à la mer. Arrivé au bord des vagues, il se retourne vers la caméra qu'il fixe d'un air sombre.

Au fil des séquences

Découpage du film

Générique
La caméra filme en travelling les rues qui entourent la Tour Eiffel. Paysage d'hiver, arbres nus. Les immeubles sont cadrés à hauteur du premier étage. On ne voit aucun personnage ou passant. A la fin, des plans rapprochés de la Tour Eiffel.

Séquence 1
Salle de classe, intérieur jour, La photo d'une pin-up circule parmi les petits écoliers pendant que le maître, « Petite Feuille », parle au tableau. Elle parvient à Antoine (photo 2) qui s'empresse de lui dessiner des moustaches. Le maître le surprend et l'envoie au coin. Pendant que les enfants vont en récréation, Antoine doit rester au piquet.

2

Cour de récréation, extérieur jour. Les enfants jouent.

Salle de classe, intérieur jour. Antoine écrit un poème vengeur sur le mur.

Cour de récréation, extérieur jour. Les enfants jouent.

Salle de classe, intérieur jour. Une fois les enfants rentrés, le maître, furieux, découvre le poème. Il inflige à Antoine un pensum à rendre le lendemain et dicte une poésie aux élèves. La caméra s'attarde sur l'un d'eux qui fait des pâtés et arrache les feuilles de son cahier sans arriver à recopier le texte. Les enfants sortent de l'école.

Rues, extérieur jour. René, son fidèle ami, accompagne Antoine qui rêve de se venger de « Petites Feuilles ».

Séquence 2

Appartement, intérieur soir. Antoine arrive dans un appartement vide. Il vole de l'argent et se regarde dans le miroir de la coiffeuse de sa mère. Celle-ci rentre et lui reproche avec aigreur d'avoir oublié de faire les courses. Pendant qu'elle retire ses bas, il sort pour acheter de la farine.

Rues, extérieur soir. Antoine fait la queue devant l'épicerie. Deux commères discutent en détail un accouchement sanglant. Il semble près de s'évanouir.

Escalier, intérieur soir. Antoine, en remontant l'escalier, rencontre son père qui rentre.

Appartement, intérieur soir. Dîner familial. La conversation apprend au spectateur qu'Antoine chaparde, que Madame Doinel ne supporte pas les enfants et que le couple ne s'entend pas.

Escalier, intérieur soir. Antoine descend les ordures aux accents de *La Marseillaise. (Fondu au noir).*

Appartement, intérieur matin. Madame Doinel réveille Antoine en retard le matin. Il se rend compte qu'il a oublié d'écrire sa punition.

Séquence 3

Rues, extérieur jour. Antoine retrouve René qui lui propose de faire l'école buissonnière. Ils cachent leur cartable derrière une porte cochère, se promènent dans les rues, vont au cinéma et jouent au flipper dans un café.

Fête foraine, extérieur jour. Antoine entre seul dans le Rotor et tandis que René l'observe, tourne longuement suspendu dans les airs. Truffaut, figurant anonyme, se trouve avec lui dans la machine.

Rues de Paris, extérieur jour. Après cet épisode heureux, les deux enfants traversent la place Clichy quand Antoine aperçoit soudain Madame Doinel dans les bras d'un homme inconnu. Mére et fils échangent un regard muet et stupéfait. Les enfants vont reprendre leur cartable mais sont repérés par Mauricet, un élève vertueux et sournois.

Séquence 4

Appartement, intérieur soir. Antoine est en train de recopier un mot d'excuse prêté par René, quand son père arrive et annonce qu'ils dîneront seuls. Revêtu d'un tablier de femme, Monsieur Doinel fait une omelette en conseillant à son fils de prendre des initiatives à l'école. Il se plaint d'avoir perdu son *Guide Michelin*; Antoine jure qu'il ne l'a pas volé. Plus tard, il entend de son lit une violente dispute entre les époux quand Madame Doinel rentre tard dans la nuit.

(Fondu au noir)

Séquence 5

Rues, extérieur jour. Antoine court dans les rues où il rejoint René sur le chemin de l'école.

Appartement, intérieur jour. Mauricet va informer les Doinel de l'absence de leur fils.

Rues, extérieur jour. Antoine demande conseil à René pour savoir quelle excuse fournir à « Petites Feuilles », l'instituteur.

Cour de récréation, extérieur jour. Interrogé par l'instituteur, Antoine, pris de court, lui déclare que sa mère est morte.

Salle de classe, intérieur jour. Pendant la classe, Antoine voit avec effroi ses parents arriver dans la salle. Son père lui balance une gifle retentissante.

(Fondu enchaîné)

Séquence 6

Rues, extérieur soir. Antoine déclare à René qu'il ne veut pas rentrer chez lui. René se propose de lui trouver un abri pour la nuit.

(Fondu enchaîné)

Imprimerie, intérieur soir. René installe Antoine dans une vieille imprimerie qui appartient à son oncle.

Appartement, intérieur soir. Les parents Doinel lisent la lettre d'adieu que leur a envoyée leur fils.

Imprimerie, intérieur nuit. Antoine, réveillé par des hommes, se sauve.

Rues, extérieur nuit. Rues désertes et rencontre d'une femme élégante (Jeanne Moreau) qui a perdu son chien. Antoine vole au petit matin une bouteille de lait qu'il boit longuement. Il va se laver dans la fontaine de La Trinité tandis que Paris s'éveille.

Séquence 7

Cour de récréation, extérieur jour. Antoine arrive à l'école.

Salle de classe, intérieur jour. Pendant la classe d'anglais, on appelle Doinel chez le directeur.

Bureau du directeur, intérieur jour. La mère d'Antoine retrouve son fils avec émotion et le ramène à la maison.

(Fondu enchaîné)

Rues, extérieur jour. Madame Doinel tient affectueusement Antoine par les épaules sur le chemin du retour.

(Fondu enchaîné)

Appartement, intérieur jour. Madame Doinel installe Antoine dans le lit conjugal après lui avoir fait prendre un bain et lui raconte ses souvenirs d'enfance. Elle propose un contrat à son fils : s'il a une bonne note en français, elle lui donnera mille francs. Antoine reste muet et songeur.

(Fondu au noir)

Séquence 8

Rues, extérieur jour. Le professeur de gymnastique parcourt les rues avec les élèves en rang derrière lui. Ils lui faussent tous compagnie un à un.

(Fondu au noir)

Séquence 9

Appartement, intérieur jour. Antoine dévore *La Recherche de l'absolu* de Balzac puis punaise une photo du romancier dans une petite niche de sa chambre.

Salle de classe, intérieur jour. Le jour de la composition de français, on demande aux enfants de raconter un événement grave qui les a personnellement concernés. Doinel écrit sans hésiter.

Appartement, intérieur soir. Antoine allume une bougie devant

la photo de Balzac et ferme la niche d'un rideau avant d'aller dîner avec ses parents. Pendant le repas, une odeur de fumée filtre dans la pièce. La famille se précipite dans la chambre d'Antoine où s'amorce un début d'incendie. Madame Doinel intercède auprès de son mari pour excuser l'enfant et propose une soirée à trois au cinéma.
(Fondu enchaîné)

Rues, extérieur nuit. On voit la famille sortir en riant du cinéma.

Voiture, extérieur nuit. Le trio familial est filmé de l'extérieur dans la voiture. Pour la première fois, tout le monde a l'air heureux et détendu (Photo 3).

3

Escalier, intérieur nuit. Monsieur Doinel fait admirer à son fils les jambes de sa mère dans l'escalier de l'immeuble.

Appartement, intérieur nuit. Rires, bonne humeur. Monsieur Doinel enlace sa femme; Antoine descend les ordures.
(Fondu au noir)

Séquence 10

Salle de classe, intérieur jour. Mauricet récite impeccablement un poème tandis que les enfants détruisent ses lunettes de plongée. Le maître annonce qu'Antoine est dernier en français parce que, sous prétexte de raconter la mort de son grand-père, il aurait recopié la fin de *La Recherche de l'absolu* dans sa composition.

Escalier de l'école, intérieur jour. Renvoyé de la classe, Antoine prend la fuite.

Salle de classe, intérieur jour. René, qui a pris la défense de son ami, est expulsé à son tour.
(Fondu enchaîné)

Séquence 11

Rues, extérieur jour. René décide d'héberger Antoine et le ramène chez lui.

Chez René, intérieur jour. Il vit dans un décor à la Cocteau: un grand appartement rempli de chats. Il dit à Antoine que sa mère "picole" et que son père joue aux courses. Il vole de l'argent à ses parents.

Rues, extérieur jour. Les enfants dévalent les escaliers de la butte Montmartre. *(Fondu enchaîné)*

Chez René, intérieur soir. Dîner de René et de son père. René nourrit en cachette Antoine caché dans sa chambre. Ils sortent après le départ de Monsieur Bigey.

Rues, extérieur soir. En sortant d'un cinéma où ils se sont réfugiés Antoine et René chapardent une photo du film *Monika* de Bergman.

Café, intérieur soir. Ils volent le réveil de la dame des toilettes.
(Fondu enchaîné)

Chez René, intérieur soir. Les deux enfants jouent et fument dans la chambre de René. Son père qui les surprend fait semblant de ne pas voir Antoine dissimulé le long du lit.
(Fondu au noir)

Séquence 12

Combles d'un immeuble, intérieur jour. Antoine et René jettent des boulettes sur les passants avec une sarbacane. Ils utilisent pour cela les pages du fameux *Guide Michelin* paternel.

Séquence 13

Au Luxembourg, extérieur jour. On voit René et Antoine traverser le jardin du Luxembourg en tenant par la main une petite fille.

Guignol du Luxembourg, extérieur jour. Au cours d'une séance de Guignol, les deux amis décident de voler une machine à écrire dans le bureau du père d'Antoine.
(Fondu au noir)

Bureau sur les Champs-Elysées, intérieur jour. Antoine pénètre dans le bureau et s'empare de la machine à écrire. Il retrouve René qui l'attend sur le trottoir.

Métro, intérieur jour. Les enfants dans les couloirs du métro avec la machine.

Quartier de la place Clichy, extérieur jour. Antoine et René essaient de revendre la machine à un recéleur malhonnête. Ils renoncent et marchent dans les rues. La machine est lourde et encombrante. Ils se résignent à la rapporter au bureau.

Bureau sur les Champs Elysées, intérieur soir. Antoine, coiffé d'un chapeau d'homme, rentre dans le bureau. Au moment de déposer la machine, il se fait prendre par le gardien de nuit qui alerte son père (Photo 4).

4

Rues, extérieur soir. Monsieur Doinel conduit Antoine au commissariat.
(Fondu enchaîné)

Séquence 14

Bureau du commissaire de police, intérieur soir. Monsieur Doinel déclare au commissaire qu'il souhaite voir son fils pris en charge par la justice.

Bureau du commissariat, intérieur soir. Antoine, abandonné par son père, fait sa déposition.

Escalier du commissariat, intérieur soir. Monsieur Doinel descend l'escalier.

Commissariat, intérieur soir. Antoine signe sa déposition.

Escalier du commissariat, intérieur soir. Antoine descend l'escalier.

Commissariat, intérieur soir. Antoine s'endort dans une cage grillagée où est enfermé un délinquant. Trois prostituées, que la police vient de ramasser, arrivent au poste et sont bouclées dans une autre cellule.

Rues, intérieur nuit. On embarque tout le monde dans un fourgon qui part pour la prison. Antoine contemple en pleurant les rues de Pigalle de la fenêtre du « panier à salade ».

(Fondu enchaîné)

Séquence 15

Bureau de la prison, intérieur nuit. Antoine dépose ses objets personnels.

Prison, intérieur jour. Antoine se réveille seul dans sa cellule.

(Fondu enchaîné)

Bureau de la prison, intérieur jour. Il passe à l'identité judiciaire où on prend sa photo et ses empreintes.

Bureau du juge, intérieur jour. Madame Doinel avoue que son mari n'est pas le père d'Antoine et demande que l'enfant soit envoyé dans un centre au bord de la mer.

(Fondu au noir)

Séquence 16

Centre d'observation pour mineurs délinquants

Parc, extérieur jour. Un gardien enferme trois petites filles dans une cage. Promenades et conversations d'Antoine avec d'autres détenus. On ramène un adolescent qui s'était échappé.

Réfectoire, intérieur jour. Antoine qui avait entamé son pain avant le début du repas est giflé par le moniteur.

(Fondu enchaîné)

Parc, extérieur soir. Le jeune détenu, qui a été repris, parle aux enfants de sa fugue.

(Fondu au noir)

Séquence 17

Parc, extérieur jour. Un adolescent prépare Antoine à son entretien avec la psychologue.

Pièce, intérieur jour. Antoine répond aux questions d'une psychologue qui demeure hors-champ.

(Fondu enchaîné)

Séquence 18

Parc, extérieur jour. René et Madame Doinel arrivent séparément pour rendre visite à Antoine.

Entrée du bâtiment, extérieur jour Le gardien refoule René à la porte sous le regard navré de son ami. Madame Doinel entre dans l'établissement.

Route, extérieur jour. René repart en vélo.

Parloir du Centre, intérieur jour. Madame Doinel déclare à Antoine que son mari se désintéresse, comme elle, de son sort et qu'il ne doit plus compter sur eux.

(Fondu enchaîné)

Séquence 19

Route, extérieur jour. Les enfants marchent en colonne sous la surveillance d'un moniteur. Le premier des enfants porte un ballon.

Campagne, extérieur jour. Partie de football. Antoine se faufile sous le grillage de la clôture et quitte le terrain pour s'évader dans la campagne. On le poursuit; il se cache et parvient à semer les gardiens. Un long travelling suit alors sa course à travers bois vers la mer. Une fois sur la plage, il traverse le sable puis, arrivé au bord des vagues, se retourne brusquement vers la caméra qu'il fixe avec un air de défi. L'image se fige.

Structure, action, dramaturgie

AVANT *Les 400 Coups*, Truffaut avait à son actif trois courts métrages: *Une visite* (1954), *Les Mistons* (1957) et *Une histoire d'eau* (1958). Parmi ceux-ci, seul le second peut être véritablement considéré comme son œuvre à part entière: "Le premier film pour moi, c'est *Les Mistons*[1]." *Une visite* avait été tourné avec Jacques Rivette dans l'appartement de Jacques Doniol-Valcroze. La fille de ce dernier âgée de trois ans, tenait le premier rôle. Ce film n'intéressa pas longtemps Truffaut qui en confia le montage à Alain Resnais. *Une histoire d'eau* fut tourné sans scénario pendant des inondations dans la région de Montereau. Godard proposa de monter les images et le film eut une carrière commerciale brève et désastreuse. Par contre, *Les Mistons* fut très bien accueilli par la critique. Tourné à Nîmes, c'était l'adaptation d'une nouvelle extraite de *Virginales* de Maurice Pons relatant les démêlés d'un couple d'amoureux (Bernadette Lafont et Gérard Blain) et d'une bande de cinq jeunes garçons qui les épiaient et les persécutaient. Selon la formule qu'il reprendra dans ses adaptations littéraires futures, Truffaut reproduisait le texte de Pons en voix *off* dans le film.

La genèse du scénario

Encouragé par ces débuts, Truffaut eut envie de poursuivre son travail avec des enfants. Peu sûr de lui et timide, il se sentait plus à

1. Anne Gillain, *Le Cinéma selon Truffaut*, éd. Flammarion, 1988.

l'aise avec eux qu'avec des acteurs adultes, mais surtout comme il le dit : "La vérité d'un enfant est une chose que je crois sentir absolument[2]." Il avait l'intention de tourner une série de sketches consacrés à l'enfance. Parmi les histoires qu'il collectionnait à cette époque se trouvait d'ailleurs déjà l'épisode de la petite fille, seule à la maison parce qu'elle a été punie, qui de sa fenêtre ameute les voisins en criant "J'ai faim." Truffaut le tournera quinze ans plus tard pour *L'Argent de poche*. Un de ces sketches se distingua rapidement des autres par son aspect autobiographique et subit un important traitement narratif qui le transforma en long métrage.

A l'origine, *Les 400 Coups* devait s'appeler *La Fugue d'Antoine:* "C'était l'histoire d'un enfant qui, passionné par la lecture d'un livre en plusieurs volumes emprunté à la Bibliothèque Nationale et ayant fini un volume le dimanche soir, ne va pas à l'école le lundi pour aller chercher le deuxième volume, par exemple *Les Trois Mousquetaires*; malheureusement, la Bibliothèque Nationale est fermée le lundi, si bien qu'il manque également le mardi matin pour aller chercher le volume puis il lit un peu dans le square, dans la journée. Le mercredi, il doit rentrer mais il n'arrive pas à imiter l'écriture de sa mère pour se faire un mot d'excuse; donc il attend encore une demi-journée, et lorsqu'il rentre enfin à l'école, il invente une chose énorme pour justifier qu'il n'a pas de mot d'excuse : il dit que sa mère est morte! Malheureusement le mensonge est découvert et, à la suite de ça, il passe une nuit dans Paris[3]."

Peu à peu ce schéma se transforma en une chronique de la treizième année : "Il y avait très longtemps que ce sujet m'occupait l'esprit. L'adolescence est un état reconnu par les éducateurs et les sociologues, mais nié par la famille, les parents. Pour parler le langage des spécialistes, je dirai que le sevrage affectif, l'éveil de la puberté, le désir d'indépendance, le sentiment d'infériorité sont les signes caractéristiques de cette période. Un seul trouble entraîne la révolte et cette crise est appelée justement d'« originalité juvénile ». Le monde est injuste et il faut se débrouiller : et on

2. *Op.cit.*,1988
3. Aline Desjardins, *Aline Desjardins s'entretient avec François Truffaut*, éd. Ramsay-Poche

fait les quatre cents coups[4]." Les deux films sur l'enfance auxquels *Les 400 Coups* doit le plus, de l'aveu même du réalisateur, sont *Zéro de conduite* de Vigo (1933) et *Allemagne, année zéro* de Rossellini (1948). Truffaut dit aussi avoir été influencé par *Monika* de Bergman (1953) dont *Les 400 Coups* aurait été la "version femme[5]." Il avait d'ailleurs envisagé à un moment de tourner deux histoires parallèles, celle d'Antoine et celle d'une jeune délinquante qui lui aurait fait pendant. Mais le personnage masculin dévora sa jumelle au cours de la gestation du scénario. L'histoire de celle-ci, qui devait s'appeler Janine comme la mère de Truffaut, resta à l'état d'ébauche dans les papiers du cinéaste sous le titre de *La Petite Voleuse*. Après sa mort, Claude Miller tirera de ce synopsis un scénario qu'il tournera avec Charlotte Gainsbourg.

Quand il fit *Les 400 Coups*, Truffaut dit avoir été obligé de renoncer à tout un aspect auquel il tenait beaucoup: "L'aspect Paris de l'occupation, combines du marché noir, etc. La reconstitution cinématographique de cette époque m'était interdite pour des raisons financières, mais aussi esthétiques, car on tombe facilement dans le ridicule en évoquant la mode de cette période." Ce n'est qu'en 1980, avec *Le Dernier Métro* que Truffaut reconstituera la France de l'occupation à l'écran. *Les 400 Coups* se présente comme un film dont l'époque est contemporaine de celle de son tournage, c'est-à-dire la France des années cinquante; en fait le film relate l'histoire d'un enfant pendant l'occupation. Ce type de transposition est constant dans l'œuvre de Truffaut qui voyait même dans *Jules et Jim* un film sur sa jeunesse. Ces décalages contribuent à donner à son œuvre son aura atemporelle.

Truffaut a dit qu'une autre source d'inspiration pour le film avait été une émission de télévision *Si c'était vous* qui portait sur les conflits entre parents et enfants. Ses réalisateurs étaient Marcel Blüwal et Marcel Moussy. Truffaut demanda au second d'écrire le dialogue du film et déclare que Moussy l'aida beaucoup à définir ses personnages d'adultes : "Si j'avais été seul, j'aurais eu tendance à typer les parents d'une façon très caricaturale, à en faire une satire violente mais non objective, et Moussy m'a aidé à rendre ces gens plus humains, plus près de la norme[6]."

---

4. Anne Gillain, *op. cit.*, 1988.
5. *Le Cinéma selon Truffaut*, 1988.
6. *Op. cit.*, 1988.

Il s'aperçut aussi très vite que les dialogues d'enfants, à la différence de ceux des adultes, ne devaient pas être rédigés à l'avance: "J'avais vu tout de suite qu'il était impossible d'écrire les dialogues pour les enfants : on leur donnait la situation et c'était eux-mêmes qui formulaient les phrases. Par contre, tous les dialogues pour les parents, le prof, etc. ont été écrits par Moussy et ont été conservés intégralement[7]." Truffaut reconnait aussi à Moussy une influence déterminante sur la construction du scénario: "J'avais des pages et des pages de notes, mais tout cela était tellement proche de moi que je n'arrivais pas à lui donner une structure. Moussy est formidable dans ces cas-là. Il n'a pas son pareil pour s'emparer d'un petit élément du scénario, le faire revenir, rebondir[8]."

La progression du film est en effet fortement structurée. *Les 400 Coups* est sans doute le film le plus linéaire de Truffaut. Son action se déroule dans un laps de temps très court que marquent deux indicateurs temporels. Pendant sa nuit d'errance dans Paris, Antoine passe devant la vitrine d'un restaurant sur laquelle est inscrite la mention: "Joyeux Noël". Dans la dernière séquence, la colonne de petits délinquants passe devant un arbre de Noël dressé au bord de la route dans le village. Toute l'action du film se déroulerait donc en quelques jours. C'est ce que confirme l'étude de la structure dramatique. Les séquences se suivent et s'enchaînent en effet rigoureusement selon les lois de la logique spatio-temporelle et des rapports de cause à effet. Trois grands principes déterminent la linéarité classique du récit: le temps est marqué par la suite des journées et des nuits, les actions par le principe de l'engrenage et la thématique par l'isolement progressif du héros. On examinera également la dynamique des représentations spatiales dans le film et le phénomène des scènes amovibles.

Le découpage temporel

Le scénario original de *La Fugue d'Antoine* était organisé comme une suite de journées. *Les 400 Coups* reste fortement marqué par cette structure et, jusqu'au moment où Antoine quitte

---

7. *Le Cinéma selon Truffaut*, 1988.
8. *Op. cit.*, 1988.

Paris dans le fourgon cellullaire, on peut distinguer sept journées clairement démarquées par le retour des jours et des nuits. Réveils ou couchers de l'enfant ponctuent l'histoire.

Première journée

Elle débute à l'école et se termine avec le dîner familial où les parents abordent pour la première fois sur un mode mineur le thème de l'exclusion d'Antoine : on projette de le mettre en colonies de vacances, lesquelles remarque aigrement Madame Doinel, "ne sont pas faites pour les caniches." La descente de l'escalier par Antoine lesté d'une boîte à ordure marque le moment du coucher.

Seconde journée

C'est la journée de l'école buissonnière en compagnie de René, et qui marque le début de la marginalité du héros. Elle se termine par le dîner en tête à tête d'Antoine et de son père et le retour tardif de Madame Doinel qui provoque une scène conjugale. Au cours de la dispute, Antoine entend de son lit sa mère hurler à son sujet : "On va le mettre chez les Jésuites ou les enfants de troupe," phrase qui poursuit le motif de l'exclusion. Le père mentionne aussi pour la première fois son illégitimité : "Je lui ai quand même donné un nom." Au terme de cette journée, mère et fils ont rompu les schémas de conduite normale et sont unis sous le sceau du secret et de la délinquance.

Troisième journée

Giflé pour avoir déclaré sa mère morte, Antoine décide de ne pas rentrer chez lui. Chassé de l'imprimerie où il avait trouvé refuge, il erre dans les rues. C'est la nuit dans Paris qui le présente pour la première fois comme un vagabond sans feu ni lieu. Il n'est plus simplement marginalisé mais déjà privé de foyer familial. Truffaut reprendra dans *L'Argent de poche* ce thème de l'errance d'un enfant jusqu'au petit matin dans les rues désertes. On verra Julien Leclou, l'enfant martyr, parcourir le décor lugubre d'une fête foraine abandonnée pour la nuit et ramasser des objets épars et insignifiants sur le sol. Au petit matin, le concierge de l'école le retrouvera endormi devant la porte cochère à même le trottoir.

Quatrième journée

Cette journée commence bien dans la suite de la précédente puisque Madame Doinel vient chercher son fils fugueur à l'école. Pourtant pour la première fois intervient dans le récit une ellipse. Il n'est pas possible de situer temporellement la scène qui suit le retour d'Antoine à la maison, celle de la leçon de gymnastique, ni de situer clairement les quelques scènes suivantes : lecture de Balzac, rédaction de la composition en classe. On peut penser qu'elles marquent le passage d'un ou deux jours. Le film reprend son rythme avec le dîner familial où éclate l'incendie suivi de la séance de cinéma en famille.

Cette journée "découpée" correspond après cette première crise au seul moment de vie familiale normale et heureuse chez les Doinel où chacun des membres de la famille se comporte brusquement conformément à l'image classique de sa fonction.

La mère paraît soucieuse du sort de son fils, elle l'embrasse à l'école, le baigne, lui sourit, lui parle, sur un ton de tendre complicité. Cet épisode d'intimité est chargé d'ambiguïté puisqu'on peut, à juste titre, soupçonner Madame Doinel de chercher à acheter le silence de l'enfant qui l'a vue avec son amant place Clichy. Un contrat scelle pourtant entre eux un pacte d'alliance.
Le spectre de la marâtre est aboli.

Le fils paraît brusquement captivé par ses études. Il dévore le roman de Balzac à la maison avec passion — un gros plan du texte le confirme — et, saisi par l'inspiration, écrit rapidement à l'école.
L'image du cancre révolté est effacée.

Le père fait preuve d'autorité en tempêtant contre l'incendie provoqué par Antoine puis se laisse amadouer, selon l'image traditionnelle du *pater familias*, par sa femme. Notons que cette fois-ci c'est lui et non Madame Doinel qui menace l'enfant d'exclusion. Il se propose de l'expédier au "Prytanée". De retour du cinéma, le trio filmé en un seul plan derrière la vitre de la voiture rit aux éclats. A la maison, Monsieur Doinel revendique la propriété du corps de sa femme en faisant admirer à son fils le galbe de ses jambes et lui caressant au passage les seins tandis qu'elle glousse d'un air ravi.
La caricature du cocu s'estompe.

Cinquième journée

Le drame reprend sur un mode majeur après cette trêve. Une autre journée, qui ne fait pas nécessairement suite à la précédente, commence avec le renvoi d'Antoine pour plagiat. René le recueille chez lui et la suite de leurs jeux laisse encore une fois le doute sur le temps réel écoulé, un ou plusieurs jours. Pourtant le rythme est repris avec l'irruption de Monsieur Bigey dans la chambre enfumée où jouent les deux enfants en pyjama.

Sixième journée

La dernière partie du film débute sur le vol de la machine à écrire. Tout cet épisode semble à nouveau suivre le déroulement d'une journée. Quand Antoine rapporte la machine et se fait prendre, le soir tombe; quand Monsieur Doinel le conduit au poste, ils passent devant des vitrines éclairées. Vient ensuite la nuit au commissariat qui fait pendant à celle de l'errance dans Paris et le départ dans le fourgon cellulaire.

Septième journée

On verra Antoine se réveiller en prison où il recrache d'un air dégoûté le café infect qu'on vient de lui servir. A partir de ce moment là, il n'y aura plus dans le film de scène nocturne. La fin du récit sera une suite d'épisodes sans marquage temporel précis, sauf en ce qui concerne l'arbre de Noël signalé plus haut.

Le schéma des jours, s'il s'effiloche progressivement au cours du film, contribue à donner une respiration quotidienne au film, à renforcer son côté faussement réaliste. Antoine est soumis à la routine des jours et des nuits comme tous les enfants. Lorsqu'il sort de la norme, il sort aussi du temps ordinaire pour entrer dans un no man's land temporel qui marque son exclusion.

La structure événementielle

Les 400 Coups est un film construit autour d'un personnage qui domine entièrement l'action. Il n'y a que cinq brèves scènes où l'enfant n'apparaît pas : Mauricet vient dénoncer l'absence d'Antoine à ses parents; ces derniers lisent sa lettre d'adieu; René dîne seul en tête à tête avec son père; Madame Doinel parle de son fils avec le juge; deux enfants évoquent leur situation familiale au Centre. Mais même ces cinq scènes sont entièrement asujetties à l'adolescent. Chaque fois, l'action ou les paroles des personnages concernent Antoine ou ses problèmes. Tout se ramène au héros dans le film, formule que reprendra le cinéaste dans *Tirez sur le pianiste*, *La Peau douce*, *La mariée était en noir*, *Adèle H.*, *La Chambre verte* et qui donne une unité et une cohérence exceptionnelle à ses récits.

A propos de son premier film, Truffaut déclarait: "Il y a très peu d'événements dans *Les 400 Coups*! A part le vol de la machine à écrire et la séquence où Doinel dit que sa mère est morte alors qu'elle ne l'est pas... le reste ce sont des scènes au bord du documentaire[9]". Pourtant, comme il le remarquait aussi, *Les 400 Coups* est construit selon un principe narratif rigoureux: "Il y avait un concept très fort, celui de l'engrenage. — « Qui vole un oeuf, vole un boeuf ». Je savais que dans chaque scène, chaque bobine, Antoine devait faire quelque chose de plus grave que dans la scène précédente[10]." Truffaut emploiera ce même mot d'engrenage pour d'autres films, en particulier *La Peau douce*. Par ce terme, il désigne la forme extérieure que revêt la fatalité intérieure à laquelle obéissent ses personnages. Ce second principe de linéarité du film est d'ailleurs étroitement lié au premier; à chaque journée correspond un incident qui aggrave la situation d'Antoine. Du piquet au coin du mur de la classe, Antoine se retrouvera dans une cellule de prison. Les différentes étapes qui marqueront son itinéraire de délinquant seront: la pin-up, la punition oubliée, le mensonge sur la mort de sa mère, le plagiat et le vol de la machine à écrire.

Somme toute, si on devait résumer le principe de l'engrenage dans le film, on pourrait dire qu'Antoine va en prison et est exclu de la société parce qu'il a dessiné des moustaches sur la photo d'une pin-up. L'engrenage est en effet **la manifestation du conflit violent qui oppose l'adolescent à sa mère et à travers elle au féminin**. Il concerne directement les problèmes affectifs du héros et n'a rien à voir avec une fatalité externe. Tous les pro-

---

9. *Le Cinéma selon Truffaut*, 1988.
10. *Cinématographe*, n° 27.

blèmes d'Antoine sont liés à Madame Doinel. Il marque son hostilité envers elle en défigurant la pin-up que les autres enfants se sont contentés de regarder rapidement comme des adolescents sans conflits particuliers. S'il oublie d'écrire sa punition, c'est que Madame Doinel l'a interrompu alors qu'il la commençait pour lui demander d'aller faire les courses et que le matin elle a oublié de le réveiller. S'il la déclare morte, c'est qu'il l'a vue avec son amant; sa jalousie œdipienne se manifeste directement dans cette exécution. S'il est exclu pour plagiat, c'est qu'il voulait lui faire plaisir en obtenant une bonne note, ou prendre son argent mais, on le verra, les deux choses sont liées. Reste la machine à écrire qui *a priori* ne semble avoir aucun rapport avec Madame Doinel: c'est celle du bureau du père. Mais, on y reviendra en détail, le geste même de voler est lié dans l'expérience de tout jeune enfant à la mère.

Si le féminin est à l'origine de l'engrenage qui mène à l'exclusion sociale d'Antoine, un autre principe joue un rôle important dans ce processus, celui de la loi du talion. Puni par l'instituteur, Antoine écrivait au mur un poème vengeur :

Ici souffrit le pauvre Antoine Doinel
Puni injustement par Petite-Feuille
Pour une pin-up tombée du ciel
Entre nous, ce sera dent pour dent
Œil pour oeil.

Le talion représente une forme frustre de justice que l'enfant, tourmenté par des pulsions agressives contre ses parents, redoute de se voir infliger. Dans le processus normal de maturation, l'indulgence humanise ces craintes primitives. Le drame dans *Les 400 Coups* c'est que, loin d'être abolies par l'intervention d'une loi juste et bienveillante, elles se trouvent à chaque instant du récit renforcées. Antoine paie toujours au centuple ses erreurs. L'arrestation et l'internement marqueront l'apogée de ce phénomène. Le vol est avant tout un langage, un mode d'expression. En punissant l'enfant, l'adulte marque son incapacité à lire la véritable teneur du message qu'il essaie de faire passer et l'enferme dans une solitude intolérable qui génère violence et révolte.

Sur ces deux principes qui déterminent la structure événementielle du film vient s'en greffer un troisième qui en marque, lui, la conséquence : l'isolement. Antoine au cours du récit se coupe peu à peu de tout ce qui faisait son environnement d'adolescent dissipé, mais dans l'ensemble normal du début du film. Truffaut le disait lui-même, le sujet du film, c'est la solitude d'un enfant. L'évidence de ce phénomène s'impose d'abord par la simple juxtaposition de la première et dernière image du récit. Doinel est au début du film un enfant parfaitement socialisé. Il est entouré de petits écoliers comme lui dans une salle d'école parisienne. Il participe à un divertissement collectif légèrement transgressif mais qui appartient à une transgression qui relève de la norme pour des garçonnets de treize ans. Il est perdu dans la masse. A la fin, au contraire tout le singularise et l'isole. Il est non seulement devenu un petit délinquant incarcéré mais, par rapport à ce groupe qui représente déjà une minorité, il se distingue à nouveau en s'évadant. Le dernier plan le montre dans un paysage vide de toute humanité, le dos à la mer, acculé aux confins physiques de la terre ferme. Entre la première et la dernière image du film, tout forme un contraste abrupt: à un plan général rempli de personnages s'oppose le plan rapproché d'un visage seul; à la culture, la nature; à un intérieur protégé et urbain, un extérieur dominé par la force de l'océan; au sourire, le défi; à la vie collective, l'isolement le plus complet. Le film suit l'itinéraire de ce dépouillement et de la rupture progressive de toute attache pour le héros. Antoine quitte d'abord l'école en vagabondant avec René, puis volontairement encore la maison en faisant une fugue pour la nuit. Il sera ensuite renvoyé de la classe où il ne pourra retourner, puis quittera ses parents : après son installation chez René, il ne vivra plus jamais chez lui. Il sera enfin exclu de la société avec l'emprisonnement. Au moment où il l'entraîne vers le commissariat, Monsieur Doinel dit à Antoine : "Oui, tu peux le regarder ton copain, et puis tâche de t'en souvenir parce que vous n'êtes pas prêts de vous revoir." Il sera alors séparé de Paris et des rues qui étaient le seul lieu de bonheur pour lui. La rupture complète sera consommée quand, au Centre, René n'aura même pas le droit de lui parler et que sa mère lui déclarera en parlant de son père: "Il m'a chargée de te faire savoir qu'il se désintéresse complètement de ton sort désormais". Il quittera enfin, en s'enfuyant, ses camarades délinquants parmi lesquels il semblait s'être fait des amis pour se retrouver seul devant la mer. Une première version du scénario prévoyait de montrer dans la dernière scène Antoine et René marchant ensemble dans les rues de Paris et s'immobilisant dans le plan fixe d'un cliché pris par un photographe ambulant. Cette fin qui suggère une résolution plus heureuse que celle de la version définitive, puisque le héros y retrouvait sa ville et son ami, aurait aussi retiré sa puissance mythique à la dernière image du film.

Cette structure qui isole progressivement le héros rappelle à certains égards celle de *La Grande Illusion*, dont le héros, Maréchal (Jean Gabin) subissait une série d'épreuves similaires le menant peu à peu vers une solitude qui donnait au film de Renoir la valeur d'un récit initiatique. Comme dans *Les 400 Coups*, on voyait Maréchal, au sein d'une communauté au début (l'armée), se retrouver seul dans un paysage de montagnes enneigées au terme du récit. Il se séparait successivement au cours du film de ses compagnons de captivité (lorsqu'il était mis au trou), de Boeldieu (Pierre Fresnay) qui se sacrifiait pour permettre son évasion, de la femme allemande dont il était tombé amoureux, puis de son ami Rosenthal (Dalio). Comme dans *La Grande Illusion*, la fin des *400 Coups* est ambiguë et ouverte aux interprétations. Doinel sort-il du récit mûri par ses épreuves. A-t-il franchi le cap d'un apprentissage qui lui a permis de se séparer de ses parents? Est-il devenu un homme avec une identité séparée et définie? Ou est-il, au bout du voyage, seul, désemparé et condamné à ne jamais réintégrer la société? On verra que le plan fixe de la fin joue un rôle essentiel dans la suspension du film sur ces questions.

La dynamique visuelle

Une puissante dynamique visuelle articule le film. Simple et cohérente, elle se réduit à l'**opposition de deux espaces**. Si le film est porté en avant par un mouvement linéaire classique, qui confère au destin d'Antoine Doinel la force d'une trajectoire mythique d'initiation vers la maturité, sa composante visuelle répond, elle, à une élégante alternance binaire qui donne au récit son rythme puissant de tension et de détente. Cette alternance correspond au contraste entre les scènes en extérieur et en intérieur. Au-dedans dominent des **plans rapprochés et fixes** qui marquent la confrontation d'Antoine Doinel et des adultes; au dehors des **plans éloignés et mobiles** épousant le vagabondage et les jeux avec René(photo 5). Menacé, anxieux et traqué à la maison ou à l'école, Antoine redevient dans les rues un enfant qui s'amuse dans un espace ouvert où son corps peut évoluer librement.

5

Les exemples de ce double régime sont nombreux. Au matin de la deuxième journée, Antoine quitte la maison au milieu d'une altercation entre son père et sa mère. Le premier reproche à la seconde de n'avoir pas acheté de draps pour l'enfant. La scène se termine sur un gros plan d'Antoine. L'image suivante le montre en train de courir avec René dans les rues en plan éloigné (photo 5). Au soir du même jour, un gros plan d'Antoine dans son lit le montre, les yeux grands ouverts, écoutant une autre dispute de ses parents à son sujet (photo 6). La scène suivante le reprend retrouvant René sur le chemin de l'école en plan d'ensemble. La rupture la plus frappante intervient après la scène d'intimité avec sa mère. Filmée en champ/contre-champ et en gros plan, elle évoque une confrontation où mère et fils semblent se mesurer du regard et guetter les réactions de l'autre. On passe alors abruptement à la scène de la leçon de gymnastique dans les rues de Paris où la caméra semble s'amuser à suivre l'éparpillement des enfants et finit même par les cadrer à vol d'oiseau du haut des toits. L'ironie et la légèreté de cette vignette efface la violence sous-jacente d'une scène où Antoine, pris au piège de la séduction maternelle, restait immobile et silencieux. La même petite musique allègre accompagne les courses en extérieur auxquelles

les rues en pente du quartier de Montmartre confèrent une apesanteur ludique. Le générique de *L'Argent de poche* reprendra cette image. On verra une horde d'enfants littéralement ruisseler le long des ruelles à pic de Thiers, marquant la force joyeuse de l'enfance et son irrésistible dispersion sur les chemins de la vie. Les scènes en extérieur se caractérisent aussi par une absence notable d'informations narratives. Elles apparaissent comme des interludes où se trouve magiquement suspendu le flot de désastres qui s'abat sur Antoine dès qu'il se trouve à la maison et à l'école. L'enfant semble y bénéficier d'une amnistie.

6

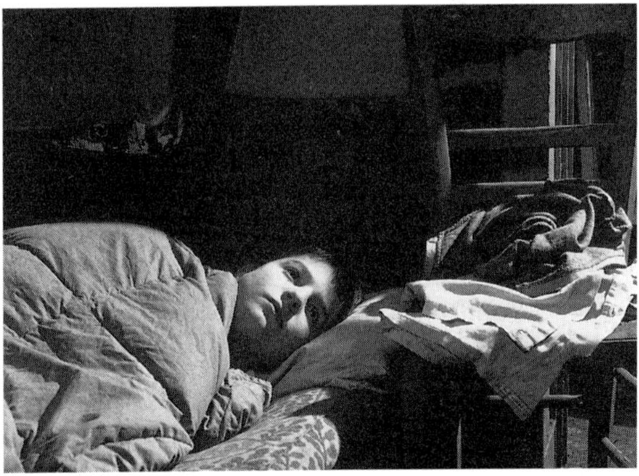

L'opposition de ces deux espaces crée, à travers le film, **une continuité visuelle qui donne déjà une forme métaphorique** au destin d'Antoine. Le mode de représentation suggère l'affrontement d'un **mouvement dynamique** et d'une **force pétrifiante**. Si on regardait *Les 400 Coups* comme un film muet sans dialogues, sans même rien comprendre à l'histoire, le langage des cadrages et des mouvements de caméra communiquerait à lui seul le sens de cet affrontement entre un formidable élan vital et un principe mortifère. Ce corps en mouvement qui veut vivre, courir en avant, jouir de sa jeune vigueur, on le retrouve non seulement dans les courses d'Antoine le long des rues en pentes et des escaliers de la butte Montmartre, mais aussi dans le Rotor de la fête foraine. Il trouvera sa pleine expression dans l'interminable travelling de la fin accompagnant Antoine vers la mer, course vers la liberté et l'espoir. Mais la composante pétrifiante qui se manifeste dans toutes les scènes en intérieurs avec les gros plans immobiles trouve également son aboutissement dans cette dernière scène puisqu'un plan fixe du visage d'Antoine clôt le film.

Les scènes amovibles

Alors que le récit des *400 Coups* est composé de scènes étroitement liées entre elles par des rapports de temps ou de cause à effet, on relève un certain nombre d'épisodes qui semblent n'avoir aucun rapport direct avec l'action du film et qu'on pourrait déplacer ou éliminer sans que le sens logique de l'histoire s'en trouve apparemment modifié. Ce sont des **scènes dépourvues d'information** et qui ne relèvent pas du système d'engrenage mis en place par le récit. On peut citer : la conversation des deux commères sur l'accouchement, la destruction des lunettes de plongée de Mauricet, l'irruption de Monsieur Bigey dans la chambre de son fils où est caché Antoine, le jeu de la sarbacane, le petit élève qui essaie de recopier le poème à l'école, la leçon de gymnastique, le Guignol ou les petites filles mises en cage au Centre. Il existe d'ailleurs des versions commerciales du film où les quatre premières de ces scènes ont été coupées. Pourtant, elles ont toutes à des titres divers leur **importance pour le récit**. Certaines en particulier sont des exemples de ce que Truffaut appellera le "style indirect" ou la "stylisation" et qui deviendront au fil des années son mode privilégié d'expression. On étudiera leur rôle dans le mode de représentation du film.

Thèmes et personnages

AU moment de la sortie des *400 Coups*, on relève dans les interviews de Truffaut sur son film deux types de déclarations contradictoires. Il se défendait d'abord vivement d'avoir déformé la réalité et affirmait avoir fait l'expérience personnelle du drame que vit son héros ; il niait par ailleurs que son récit soit autobiographique.

Autobiographie documentaire et fiction

Comme le prouvent les données de la vie du cinéaste, tout semble en fait répondre dans le film à la vérité de son enfance. Tourné dans le quartier même où il grandit, le récit a pour centre cette rue des Martyrs qui descend du quartier Pigalle vers les Grands Boulevards et que devalent sans cesse Antoine et René dans leurs vagabondages; l'appartement modeste et exigu des Doinel s'inspire de celui qu'habitaient à deux pas les parents de Truffaut, rue Navarin ; Madame Doinel est comme la mère de Truffaut secrétaire et le goût de la montagne simplement transposé chez Monsieur Doinel en passion pour les rallyes automobiles. Mais c'est surtout dans la description du désarroi d'un enfant privé d'affection et dans l'évocation de son expérience de la délinquance que le film paraît particulièrement fidèle à la réalité. Truffaut disait lui-même: “J'étais fâché au moment des *400 Coups* car certains journalistes ont dit que c'était exagéré. Seulement voilà, il y a une grande différence entre les lois qui protègent l'enfance et la chose telle qu'elle se passe en réalité. Un règlement dit qu'on ne doit pas mettre un enfant dans un panier à salade et qu'une voiture particulière doit l'emmener. En fait, s'il est emmené au commissariat après les heures de bureau de la Préfecture, on ne va pas faire venir une voiture, donc on le met quand même dans le panier à salade, avec les putains et tous les gens ramassés... Ce sont des choses qui restent, qui marquent, des drôles de souvenirs[1]." Un des projets de Truffaut vers la fin de sa vie était d'ailleurs de reprendre ces "souvenirs" et de tourner une seconde version des *400 Coups*, plus dure et violente que la première où il se reprochait d'avoir atténué la réalité des épreuves subies par l'adolescent. Pourtant, la réticence que manifestait Truffaut à voir décrire son film comme un récit autobiographique s'explique par deux ordres de considérations de nature différente. Le premier est personnel. Le film se présentait comme une mise en accusation assez impitoyable de ses parents. Ils étaient tous deux vivants à l'époque (sa mère mourra en 1968 et son beau-père en 1990) et il avait essayé durant les années où il travaillait comme critique de normaliser ses rapports avec eux. Il était donc naturel que Truffaut s'efforce de protéger leur image en suggérant qu'il existait une distance entre son enfance et celle de son héros. Il reconnaîtra d'ailleurs que *Les 400 Coups* avaient été pour sa mère "un coup de poignard dans le dos". Mais son désavœu était aussi dicté par des considérations esthétiques.

Toute autobiographie, même sous sa forme la moins élaborée implique un **travail de sélection, de transposition et de stylisation**. En transformant la réalité en langage, la narration autobiographique filtre l'expérience pour lui imposer une cohérence qui la rende transmissible. *Les 400 Coups* n'est pas un documentaire sur l'enfance du réalisateur. C'est une œuvre de fiction que gouvernent les lois de l'imaginaire. Tout son mode de représentation en témoigne et ce film peut servir de modèle pour rendre compte de l'œuvre à venir. L'autobiographie est chez Truffaut une donnée complexe. Après *Les 400 Coups*, ses films ne reprendront jamais directement les événements de sa vie. Les récits seront inspirés soit de documents historiques ou d'œuvres de fiction dont il adaptera un grand nombre à l'écran, soit composés d'un mélange d'anecdotes trouvées dans les journaux, d'aventures

1. Anne Gillain, *Le Cinéma selon Truffaut*, éd. Flammarion, 1988.

empruntées à autrui et de certains incidents personnels. L'élément réellement autobiographique des films tient à l'organisation qu'impose l'imaginaire du réalisateur à ces fragments d'expérience, c'est-à-dire à la vision souterraine qui les cimente entre eux et leur donne une unité. Cette vision trouve son origine dans l'enfance. "Un homme, disait Truffaut, se forme entre sept et seize ans, après, il vivra toute sa vie ce qu'il aura acquis entre ces deux âges[2]." On peut dire que ses films rejouent sur des modes divers, dans des styles et des genres différents, le scénario de sa jeunesse. La constante de ce scénario ne tient pas à des faits mais à des affects. A cet égard, *Vivement Dimanche !* est aussi autobiographique que *Les 400 Coups*. L'intérêt particulier de ce premier film réside dans la mise en place d'un système de représentation que reprendra l'ensemble de son œuvre et qui se manifeste dans certaines constantes thématiques et stylistiques. Comme le remarque Lévi-Strauss dans *L'Homme nu* : "**Conter** n'est jamais que **conte redire** qui s'écrit aussi **contredire**". Truffaut disait lui-même que chaque film nouveau était souvent fait "contre" le précédent qu'il cherchait à corriger ou préciser. *Les 400 Coups* pose la version originale d'un récit dont l'œuvre future sera le décalque de plus en plus abstrait et dépouillé. Pour utiliser une autre métaphore, on peut dire que l'étude de ce récit fondateur permet de faire l'inventaire des pièces d'un kaléidoscope que chaque film réunira selon une perspective différente pour donner lieu à la création d'un motif entièrement original et inattendu.

Truffaut précisait le problème des rapports entre la réalité et la fiction dans cette déclaration de 1974 sur son premier film. Evoquant l'influence de Rossellini sur son travail, il disait: "Il n'y aurait peut-être pas eu *Les 400 Coups* sans lui, qui était très anti-hollywoodien, très anti-américain. Il était pour une approche presque documentaire des choses, une approche très réaliste (...). Je dis souvent, et c'est quelquefois mal compris d'ailleurs, que j'ai une haine du documentaire; quand je dis cela, ça veut dire que ce qui m'a amené au cinéma, c'est la fiction et que je ne désire pas changer mon point de vue là-dessus. Quand je fais *L'Enfant sauvage*, c'est aussi la haine du documentaire! Et pourtant la tentation est quelquefois de faire des films avec le moins de rebondissements possible, mais de faire des films prenants. Et à ce

---

2. *Le Cinéma selon Truffaut*, 1988.

moment-là, la fiction n'est pas dans l'invention de scènes extravagantes, elle est dans la façon d'agencer les choses, de présenter le récit comme une narration, un conte, et non pas comme la relation neutre d'une chose[3]." Cette dernière phrase peut servir de définition à son travail narratif. L'art du récit correspond chez Truffaut à un **agencement particulier des informations.** Raconter une histoire, c'est avant tout pour lui imposer aux événements une cohérence et les soumettre à une discipline grammaticale qui les organise et les transforme en une chaîne signifiante génératrice de sens. Le plaisir narratif que procure ses films ne tient pas à leur interprétation du réel, c'est-à-dire à la production d'un signifié — Truffaut s'applique au contraire à gommer soigneusement de ses récits tout ce qui pourrait relever d'un quelconque message — mais à la création d'un langage rigoureusement articulé que chacun puisse déchiffrer selon les données personnelles de son expérience et de sa culture. Ce langage joue sur le potentiel affectif de chaque spectateur. S'il n'est jamais neutre, c'est qu'il touche directement à l'**émotion** dont Truffaut a magistralement montré dans son livre d'entretiens avec Hitchcock qu'elle est le **ressort de la fiction**. En exergue à cet ouvrage, il avait d'ailleurs placé cette phrase du maître du suspense: "L'essentiel est d'émouvoir le public et l'émotion naît de la façon dont on raconte l'histoire, de la façon dont on juxtapose les séquences[4]."

Des *400 Coups*, le cinéaste disait justement en 1962: "Je me rends compte, quatre ans après, qu'il est hitchcockien. Pourquoi? Parce qu'on s'identifie dès la première image au gosse et jusqu'à la dernière." A cet égard le travail de montage était pour lui particulièrement important: "Au cours du montage, on vérifie la continuité de l'émotion et on s'aperçoit qu'en raison du tournage fragmenté et non chronologique, des erreurs se sont glissées (...). Dans *Les 400 Coups*, l'émotion était interrompue chaque fois que le garçon n'était plus sur l'écran. Si on avait une scène entre adultes et qu'on perdait de vue le petit garçon pendant trois minutes, l'émotion disparaissait et il fallait couper la scène[5]." On va en effet voir que **malgré sa facture réaliste, le film impose une déformation formidable au réel** pour communiquer le vécu

3. *Le Cinéma selon Truffaut*, 1988.
4. François Truffaut, *Hitchcock/Truffaut*, éd. Ramsay, 1983.
5. *Le Cinéma selon Truffaut*, 1988.

subjectif et la vérité intérieure de l'adolescent. L'ensemble du récit se présente comme la projection sur le monde qui l'entoure du regard d'un enfant où s'expriment de façon figurative et imagée ses conflits. Ce style rappelle, comme le remarquait Truffaut, celui des contes de fées auxquels il comparait souvent les films de Hitchcock.

Finalement rien ne résume mieux l'opposition entre documentaire et fiction aux yeux du cinéaste que cette remarque qu'il faisait à Hitchcock à propos du *Faux Coupable*, film construit à partir d'une histoire vraie de nature documentaire : "Je crois surtout que votre style, qui est arrivé à la perfection dans le domaine de la fiction, se trouve forcément en contradiction avec l'esthétique du pur documentaire. Cette contradiction est sensible tout au long du film. Vous avez stylisé les visages, les regards et les gestes, or la réalité n'est jamais stylisée[6]." C'est ce travail de stylisation dont on va maintenant suivre le détail dans *Les 400 Coups*.

Adultes et enfants

Après avoir vu *Les 400 Coups*, Simone de Beauvoir remarquait dans ses mémoires que si Truffaut décrivait de façon émouvante les enfants, **il offrait des adultes une vision caricaturale**. Quand on passe ceux-ci en revue, il n'en existe en effet pas un seul susceptible d'éveiller la sympathie. Faibles, égoïstes, démissionnaires, indifférents, violents ou malhonnêtes, les adultes du film semblent incapables de répondre aux besoins des enfants. Mais si cette représentation reflète un parti pris, c'est d'abord celui de construire le récit entier autour du héros adolescent et de rester fidèle à sa vérité. Truffaut considérait que la plupart des films sur l'enfance n'étaient pas réussis pour deux raisons : "D'abord, le plus souvent, ce n'est pas vraiment l'enfant qui est au centre du film. Il en est évincé au profit d'un personnage dont le rôle est tenu par une vedette adulte (...). Ensuite, il arrive que l'enfant soit trahi par un vice de forme du scénario (...). Souvent ces films partent simplement sur une idée dramatique ou plastique mais ne cherchent pas à entrer dans le monde de l'enfance ni à en pénétrer la vérité (...). Ce qui frappe quand on les connaît, c'est la gravité des enfants par rapports à la frivolité des adultes. Et cela Rossellini l'a

---

6. François Truffaut, *op. cit.*, 1983.

magnifiquement exprimé que ce soit dans le sketch de *Paisa* où c'est l'enfant qui se conduit comme un adulte et le soldat noir comme un enfant, ou dans *Europe 51*, où l'enfant se suicide pendant que les parents jouent au train éléctrique, ou dans *Allemagne année zéro*, où tous les personnages sont déséquilibrés par rapport à l'enfant qui, finalement, va payer pour eux[7]." Ces exemples renvoient tous deux à des situations empruntés à la Seconde Guerre mondiale; *Les 400 Coups* est un film qu'informent les souvenirs de cette même époque où l'ordre social bouleversé offrait des adultes une image particulièrement négative. Cette vision est incontestablement surdéterminée dans le film par les épreuves infligées au héros par son milieu familial. Elle marquera à jamais l'univers de Truffaut et on retrouve dans l'ensemble de son œuvre **une intense valorisation de l'enfance** décrite comme un état de grâce dont le passage à la maturité ne peut que marquer le déclin. Les personnages privilégiés de ses films seront toujours ceux que marque fortement l'enfance soit par l'intransigeance de leur idéal comme *Adèle H.*, soit par le refus de s'intégrer à l'univers socialisé des adultes comme Antoine Doinel dans *Baisers volés*. On a en fait souvent relevé chez les héros masculins de Truffaut des traits qui les infantilisent volontairement, avec une note d'humour plus ou moins marquée. Antoine Doinel dans *Domicile conjugal*, Bertrand Morane dans *L'Homme qui aimait les femmes* ou Bernard Coudray dans *La Femme d'à côté* exerceront tous trois des métiers qui impliquent la manipulation de modèles réduits d'avions ou de bateaux. Le monde de *Fahrenheit 451* représente dans son intégralité la projection à l'échelle adulte de jouets d'enfants. Mais c'est bien sûr avant tout dans leur réalité affective que **les hommes de Truffaut demeurent d'éternels adolescents** devant des femmes plus mûres, plus fortes et déterminées qu'eux. On aura l'occasion d'y revenir puisque le cinéaste a toujours dit qu'Antoine Doinel représentait pour lui l'archétype de ses héros: "Je crois que j'ai toujours filmé le même personnage principal et que j'ai demandé à tout le monde de jouer comme Léaud."

Parmi les adultes, il existe pourtant un personnage auquel les films de Truffaut confèrent un **réel prestige** : **le mentor** ou **le pédagogue**. Leur fonction formatrice et initiatrice semble être la

---

7. Anne Gillain, *op. cit.*, 1988.

seule — avec celle du créateur comme Ferrand dans *La Nuit américaine* ou Steiner dans *Le Dernier Métro* — qui s'accompagne des qualités de sérieux et de responsabilité généralement associées à la maturité. C'est sans doute ce qui explique que l'instituteur des *400 Coups* soit le personnage le plus cruellement caricatural du film (photo 7). Son absence complète de compréhension envers les enfants, alors même que le choix de sa profession implique une plus grande proximité avec eux, le place d'emblée au premier rang des accusés. A cet égard *Les 400 Coups* s'oppose fortement à *L'Enfant sauvage* et à *L'Argent de poche*. Dans le premier Truffaut tiendra lui-même le rôle de ce pédagogue attentif et intelligent qu'est le Docteur Itard; dans le second l'instituteur, joué par Jean-François Stévenin, incarnera un homme capable de comprendre les enfants et de s'adapter à leurs besoins pour devenir, au terme du film, leur véritable porte-parole.

L'absence de cet intermédiaire privilégié place d'emblée l'univers des *400 Coups* sous les auspices les plus sombres. La

7

première scène, située à l'école, dénonce l'échec d'un dispositif en principe destiné à favoriser l'adaptation sociale des adolescents. Le procès du système scolaire précède celui des instances parentales. Il existe en effet dans les trois films consacrés par Truffaut à l'enfance un point commun. Chacun met en valeur le caractère radicalement hétérogène de l'univers des adultes et des enfants. Une faille irréparable semble séparer ces deux ordres d'existence. Même *L'Enfant sauvage* et *L'Argent de poche* reproduiront cette dichotomie. Itard contemplera souvent en silence de sa fenêtre Victor, l'enfant des forêts, comme un mystère impénétrable dont il subit la fascination. Dans *L'Argent de poche*, Truffaut multipliera les scènes où se manifeste l'incompréhension des adultes envers les jeunes héros du film. Pourtant, la transmission d'un savoir, fondée sur l'abnégation et la générosité du pédagogue, permettront dans ces films l'avènement d'un échange et d'un rapport de confiance. Victor, qui s'était échappé pour retourner dans la forêt, regagnera de lui-même la maison d'Itard tandis qu'au terme de *L'Argent de poche* c'est à l'école que se révèlera le drame de l'enfant martyr et que s'amorcera le processus menant à sa libération. Dans *Les 400 Coups*, on n'observe au contraire **aucun exemple de communication véritable** entre parents, pédagogues ou représentants du système pénal et Antoine. L'entretien avec la psychologue constitue la seule exception à cette règle mais le dispositif même de cette scène impose, on le verra, de sérieuses limites au dialogue entre Antoine et la jeune femme. On étudiera plus tard cet épisode complexe. Dans le reste du récit, les rapports des adultes et des enfants demeurent toujours truqués ou tronqués.

Le film comporte exactement trente-huit adultes (deux couples parentaux, trois enseignants, deux commères, l'amant de Madame Doinel, Jeanne Moreau et Jean-Claude Brialy dans l'épisode du chien, le directeur de l'école, le curé à Montmartre, le receleur, l'employé de bureau qui surprend Antoine, le commissaire et son assistant, le malfaiteur du commissariat, les trois prostituées, les cinq agents de police, l'employé de l'identité judiciaire, celui qui prend ses effets, le juge, les trois moniteurs du centre, le gardien, les deux gendarmes, le concierge et Truffaut). Antoine n'engage un semblant de conversation qu'avec trois d'entre eux : ses parents et l'instituteur. Encore faut-il noter qu'avec les premiers, il reste le plus souvent le témoin silencieux ou même clandestin de conversations qui se présentent comme des bribes de propos énigmatiques (il demandera à René ce qu'est "le Prytanée") et qu'avec l'instituteur, il se contente d'écouter d'un air effaré les menaces ou les insultes qui lui sont adressées. Face à un monde étranger ou effrayant, Antoine demeure toujours dans un état de vigilance angoissée. En fait, la seule grande personne avec laquelle Antoine ait une forme de communication qui ressemble à une conversation, avec questions et réponses, est son père dans les rares scènes où ils se trouvent seuls. Monsieur Doinel manifeste même à plusieurs reprises de l'affection et une certaine compréhension envers son fils. Il lui donne l'argent de poche que lui refuse sa femme et reconnaît même que celle-ci est trop dure envers lui. Pourtant l'effet positif de cette apparente sensibilité aux besoins de l'enfant est entièrement annulée par le fait que ce sera justement lui qui traînera sans hésiter Antoine au commissariat et l'abandonnera complètement après son incarcération.

Le film ne présente aucun autre exemple d'un rapport plus satisfaisant entre adultes et enfants. Dans son désir de singulariser son héros et de favoriser l'identification avec lui, Truffaut n'a offert des élèves qui l'entourent à l'école, à l'exception de René, que l'image d'un groupe compact, imprécis et sans caractéristiques marquées. Tout le récit privilégie Antoine qui semble toujours plus naïf et démuni que ses congénères. Au Centre, on le verra écouter les doctes conseils d'un garçon de son âge qui semble avoir acquis une expérience et un savoir-faire dont il se montrera toujours incapable. L'échec du système pénal sera par ailleurs sanctionné dans cet épisode par l'arrivée d'un jeune délinquant que deux gendarmes ramènent au bercail après une tentative d'évasion. Il déclarera le soir même aux pensionnaires venus l'écouter être indifférent aux représailles et prêt à recommencer. Le seul rapport qui existe entre adultes et enfants dans le film est un **rapport de force**. Devant les adultes imprévisibles et incompréhensibles, les enfants doivent ruser, se révolter ou se soumettre. Il n'existe en fait pour eux que deux options : la résistance ou la collaboration. Le sinistre Mauricet offre l'exemple le plus caricatural de cette seconde solution.

Seul René se détache de la masse dans son rôle privilégié de confident et de soutien d'Antoine. Comme ce dernier, René est un enfant négligé par ses parents; sa situation familiale et narrative tranche pourtant fortement sur celle de son camarade. Délaissé par un père joueur et une mère alcoolique qui ne forment jamais un couple, fût-il désunis comme celui des Doinel, René se distingue d'abord d'Antoine parce qu'il évolue dans un milieu privilégié. Par sa situation sociale aisée, il est d'emblée protégé. Il n'appartient pas comme Antoine à une petite bourgeoisie miséreuse mais à une classe aisée qui ignore le besoin. En choisissant de filmer son appartement, comme Truffaut le disait lui-même, "à la Cocteau", c'est-à-dire dans un décor qui rappelle celui des *Enfants terribles* avec ses chats et son cheval empaillé, le cinéaste offrait l'image d'une marginalité dorée radicalement différente de celle d'Antoine. René est un enfant abandonné mais indépendant. Ceci se manifeste dans l'espace même qu'il occupe. "C'est méchamment grand chez toi" , s'exclamera Antoine en arrivant chez les Bigey. Alors qu'il dort sur un lit pliant dans l'entrée, René occupe une chambre spatieuse dans un vaste appartement avec escalier intérieur. Chaudement vêtu, ayant accès aux fonds communs du ménage où il va puiser en toute impunité comme sa mère, il règne avec une certaine roublardise sur des parents indifférents. Il observe avec cynisme leurs faiblesses et les manipule froidement comme lorsqu'il change l'heure de la pendule pour se débarrasser de son père. Chez Cocteau, les adolescents troublés des *Enfants terribles* vivaient eux aussi dans un univers irréel affranchi des contraintes des adultes. Antoine est au contraire sans cesse enlisé dans les conflits qui déchirent ses parents et devient souvent l'enjeu de leurs affrontements.

C'est surtout par contraste avec René qu'**Antoine fait figure de personnage exceptionnellement vulnérable**. De façon paradoxale, cet ami fidèle renforce dans le film le sens de sa solitude en faisant ressortir le caractère uniquement douloureux de sa situation. D'un point de vue narratif, René joue même à certains égards le rôle de déclencheur de désastres pour son ami. C'est lui qui au début du film incite Antoine à faire l'école buissonnière pour échapper à la colère du maître. Le second jour, il dira à ce dernier d'inventer une excuse en précisant : "Plus c'est gros, plus ça marche", conseil qu'Antoine ne suivra que trop docilement. Une fois renvoyés, on verra dans la scène de la sarbacane les deux enfants envisager un moment de voler et de vendre Bucéphale, le cheval empaillé de Monsieur Bigey. René refusera et laissera ensuite Antoine accomplir seul le vol de la machine à écrire. Comme dans la scène du Rotor où il regardait son ami sans participer au jeu, René est le spectateur, sans doute secourable mais libre de toute compromission, des malheurs du héros. La dernière image qu'on emportera de lui au terme du film sera celle d'un adolescent autonome, regagnant sur sa bicyclette le domicile familial sans que rien soit changé à sa situation. Il existe dans le contraste que suggère Truffaut entre les deux adolescents une part implicite de critique sociale. Un enfant riche abandonné par ses parents est infiniment moins vulnérable qu'un enfant pauvre dans la même situation. Tandis que la vie d'Antoine subit au cours du récit des bouleversements vertigineux, René reste du début à la fin un personnage statique.

Le masculin et le féminin

Si le film manifeste une première division radicale dans la représentation qu'il offre des adultes et des enfants, il en comporte une seconde tout aussi notable dans l'image qu'il renvoie du féminin et du masculin. Remarquons tout d'abord que sur trente-neuf adultes, le récit ne compte que neuf femmes. Cette disparité est d'autant plus flagrante que, si l'on met une fois de plus à l'écart la psychologue, Antoine ne parle qu'à deux d'entre elles : Jeanne Moreau et sa mère; les autres — Madame Bigey, les deux commères et les trois prostituées — passent comme des ombres fugitives et ignorent complètement l'enfant. Jeanne Moreau lui adresse, elle, très rapidement la parole pendant la nuit d'errance dans Paris pour lui demander de courir avec elle après un chien inconnu (ce détail est sans doute une référence au film de Jean Delannoy sur l'enfance délinquante, *Chiens perdus sans colliers*, que Truffaut exécrait et qu'il avait déjà stigmatisé dans *Les Mistons*). Apparition éphémère, sa présence appelle pourtant un commentaire. Jeanne Moreau est la seule vedette d'un film où les acteurs sont tous anonymes ou peu connus. Star en pleine ascension à l'époque, elle se trouve fortement marquée dans le récit par le cinéma. Sa beauté, son luxe, son charme la singularisent dans une œuvre où la grisaille domine. Truffaut met pour quelques instants son héros en présence d'un rêve descendu de l'écran; un passant (Jean-Claude Brialy) l'en chassera au plus vite.

Madame Doinel demeure donc dans le film la seule femme dont la solide présence domine le récit. Le contraste est frappant dans le système de représentation du film entre ce féminin singulier maternel dont les humeurs, les cris et la séduction hantent le jeune Doinel et la multiplication des figures masculines à chaque détour du récit. On retrouvera un schéma analogue dans *Baisers volés* où Madame Tabard règne seule pendant la majeure partie du film sur l'imagination d'Antoine tandis que défile une cohorte d'hommes, de l'adjudant qui le chasse de l'armée au père de

Christine en passant par les différents patrons ou mentors du jeune homme.

Dans *Les 400 Coups*, les hommes répondent à deux modèles: des **tyrans bornés et brutaux** ou des **hommes faibles et bernés**. Dans la première catégorie se range bien entendu l'instituteur Petites-Feuilles, sarcastique et coléreux avec les enfants mais veule avec ses chefs : lorsque le directeur se manifestera en classe, il ajustera fébrilement le nœud de sa cravate en murmurant avec une déférence pitoyable: "Monsieur le directeur". A la fin du film on retrouvera une figure du même genre avec le moniteur qui gifle Antoine au Centre pour avoir entamé son pain. Ce type masculin réapparaîtra dans l'œuvre de Truffaut avec le chef des pompiers de *Fahrenheit 451*, personnage plus complexe et subtil, capable de violence mais qui utilise avec Montag la douceur pour imposer une loi arbitraire qui l'infantilise. Il suscitera finalement la révolte du héros qui le tuera d'un jet de flammes. Le Daxiat du *Dernier Métro* s'inscrit également dans la lignée de ces hommes. Porte-parole des Allemands avec lesquels il collabore, il incarne une dictature intolérable et meurtrière. Bernard Granger le rouera de coups dans la rue. Dans *Les 400 Coups*, Antoine exprime son désir de vengeance dès le début lorsqu'il déclare à René en parlant de l'instituteur: "N'empêche qu'avant d'aller au service militaire, je lui bourrerais bien la gueule." A ces figures brutales s'opposent des hommes faibles dont l'archétype est Monsieur Doinel. Georges Franju observe à son propos: "Voilà un type qui est cocu, il ne s'en aperçoit pas. Il ne se rend compte que d'une chose: on lui a pris son *Guide Michelin*[8]." C'est en effet la seule revendication lucide qu'on l'entendra formuler au cours du film. Monsieur Bigey poussera, lui, la démission paternelle jusqu'à faire semblant de ne pas voir Antoine dans la chambre de son fils, probablement pour éviter toute confrontation avec ce dernier ou simplement la réalité de ce qui se passe chez lui. Le professeur de gymnastique sera ridiculisé par les enfants qui le sèment le long des rues de Paris, alors que le professeur d'anglais fera figure de fantoche bégayant que René prendra pour cible de ses sarcasmes. La phrase qu'il essaiera de faire répéter aux enfants: "Where is the father ?" peut évidemment servir de thème à la représentation du masculin dans le film. Le curé auquel les

8. *Cahiers du Cinéma*, n° 101.

enfants lancent un retentissant : "Bonjour Madame" sur les marches de la butte Montmartre et le receleur dont ils déjouent aisément la ruse avant de le mettre en fuite appartiennent eux aussi à cette galerie d'hommes dévalorisés. Les représentants du système pénal ne valent guère mieux : juges et policiers sont des personnages sans consistance qui parlent à peine à Antoine et passent comme les rouages indifférents d'un système administratif déshumanisé. Dans la dernière séquence, Antoine échappera sans peine à la vigilance des gardiens du Centre et se dérobera à ses poursuivants grâce à un stratagème enfantin (il se cache sous un petit pont) qui confirme l'inefficacité des hommes dans le récit.

Dans cette **prolifération indifférenciée d'un masculin caricatural** se manifestent non seulement les problèmes de filiation d'Antoine mais aussi le regard nivelant et dépréciateur de Madame Doinel sur les hommes. *L'Homme qui aimait les femmes*, où Truffaut évoque les conséquences catastrophiques pour Bertrand Morane, le héros devenu adulte, d'une enfance solitaire passée en compagnie d'une mère froide, indifférente et séductrice, présente dans un raccourci saisissant la même image d'un masculin fragmenté et dévalué. Au cours d'un flashback qui décrit le héros adolescent, on voit ce dernier fouiller dans une valise perchée sur une armoire qui contient les papiers personnels de sa mère. Il s'en échappe soudain une série de photos des amants de Madame Morane qui tombent lentement vers le sol, figurant l'atomisation de la figure paternelle. Dans *Les 400 Coups*, il n'existe qu'un seul amant, celui qu'aperçoit Antoine place Clichy. Il sépare le fils de la mère posant le modèle d'un schéma qu'on verra se reproduire plusieurs fois dans le film. Jean-Claude Brialy écartera lui aussi brutalement Antoine de Jeanne Moreau et lui intimera l'ordre de disparaître quand l'enfant se mèlera de retrouver le chien perdu. De la même façon, au cours de la nuit au commissariat, les policiers changeront l'enfant de cellule dès que les belles de nuit feront leur apparition dans la cage où il est enfermé. Pendant son entretien avec la psychologue, Antoine évoquera encore l'épisode de la prostituée qu'il était allé chercher rue saint-Denis et qu'il n'a jamais réussi à rencontrer. Au Centre, l'adolescent et les autres délinquants seront séparés des petites filles que le gardien enferme derrière des grillages à leur passage. Somme toute la première image du film, où le maître confisquait à l'école la photo de la pin-up tombée sur le bureau d'Antoine, programmait les rapports du héros avec le féminin. **La femme demeure dans le film hors d'atteinte**, distante, absente et toujours prête à se dérober. On en relève des traces nostalgiques et des signes indirects comme ces objets de la coiffeuse maternelle qu'Antoine explore avec curiosité lorsqu'il est seul, ou cette lingerie féminine entrevue dans la vitrine devant laquelle il passe lorsque son père l'entraîne vers le commissariat (photo 8).

8

Si Madame Doinel règne seule sur le récit, on remarque aussi qu'elle subit aussi dans chacune des scènes où elle apparaît des modifications importantes. Glaciale et autoritaire à la maison au début, elle deviendra une femme non seulement passionnée dans les bras de son amant mais aussi apeurée sous le regard de son fils. Elle sera ensuite tour à tour affectueuse envers lui lorsqu'elle ira le chercher à l'école, complice lorsqu'elle lui proposera le contrat et protectrice dans l'épisode de l'incendie après lequel elle disparaîtra abruptement du film. On la verra ensuite brièvement chez le juge où elle semblera vulnérable pour la retrouver, impitoyable, au terme de l'histoire dans sa dernière confrontation avec Antoine. En fait, si on voulait traiter *Les 400 Coups* comme un conte de fées, et appliquer au film la grille proposée par Propp dans sa *Morphologie du conte* pour mettre en relief des constantes structurales de ce genre, on s'apercevrait que Madame Doinel occupe dans la narration une position exceptionnellement riche. Car, si Antoine est sans conteste le héros du récit et que chacun des autres personnages correspond à une tions classiques répertoriées dans la morphologie de . Madame Doinel cumule, elle, plusieurs sphères d'actions puisqu'elle est tour à tour marâtre, princesse, mandateur, donateur, auxiliaire et agresseur. Elle reste au terme du récit sensiblement semblable à ce qu'elle était au début mais la suite de ses métamorphoses la distingue des autres adultes tous statiques et stables.

Il faut pourtant noter que la première version du scénario des *400 Coups* comportait un autre personnage féminin, fort et positif, qui jouait un rôle important dans le récit. Il s'agissait de la mère de René. Dans le film, Madame Bigey se contente de traverser son appartement avec le sourire béat d'une femme qui flotte ente deux vins, tandis qu'Antoine et René dissimulés derrière un rideau l'observent en silence. A l'origine c'était un personnage nommé Toute Belle et qui était le porte-parole de Truffaut: "Comprendre, c'est aimer", disait-elle, au père d'Antoine qui lui rendait visite et auquel elle faisait un sermon, ajoutant à propos du jeune héros: "On sentait bien que cet enfant n'était pas épanoui. Il avait l'air replié sur lui-même." Le film a certainement gagné à la disparition de ce personnage lénifiant. Une des forces des *400 Coups* tient à son absence de commentaire sur le "cas Doinel". Mais le résultat le plus significatif de cette modification du scénario original demeure le fait que, dans sa forme définitive, il n'y ait qu'une seule femme face à Antoine, Madame Doinel. Tout le film est organisé en sorte que les deux seuls personnages dynamiques du récit soient la mère et le fils.

Antoine et Madame Doinel I : les deux espaces

Truffaut raconte que, pendant qu'il faisait *Les 400 Coups*, il était très soucieux de ne pas faillir à son principe critique d'égalité entre des personnages et de ne pas privilégier Antoine par rapport à ses parents. Il avait ainsi formellement interdit à Jean-Pierre Léaud de sourire, estimant que le sourire d'un enfant est toujours un appel à la sympathie. Ce partis-pris était si fort qu'il inquiétait l'équipe du tournage qui, raconte Truffaut, trouvait que "je n'étais pas très tendre avec le personnage d'Antoine Doinel et que je lui faisais faire beaucoup de choses antipathiques. C'était notamment la réaction de Jacqueline Decae qui était scripte sur le film. Elle disait :« La seule chose qui me gêne dans tout ça, c'est que le gosse va être odieux! » Il y avait la même impression chez Claire Maurier qui jouait le rôle de la mère et qui était très contrariée parce que je lui interdisais d'appeler Antoine par son prénom. Dans le film, elle dit « le gosse », jamais « Antoine »! C'était des choses sur lesquelles j'étais très têtu et qui faisaient un peu peur à tout le monde[9]." Or, dès la sortie du film, la sympathie des spectateurs est directement allée à l'enfant. Ceci était en partie dû à la retenue même que lui avait imposée Truffaut et qui, évitant les effets faciles, ajoutait à la véracité du personnage. Mais c'est surtout la complexité et la remarquable profondeur apportées par Truffaut à la définition de son héros qui explique ce phénomène. Pour aborder son étude, il faut d'abord s'incliner devant une évidence qui vaut pour tous les films de Truffaut : une analyse relevant de la psychologie classique débouche sur une impasse. Si l'on attaque sous ce biais l'étude d'Antoine et de sa mère, on devra se contenter de quelques clichés sans grand intérêt. Un enfant, qui ment, vole et ne travaille pas en classe, fugue de chez lui parce qu'il n'est pas aimé de sa mère. Cette dernière est une sorte de Madame Bovary parisienne, mal mariée, insatisfaite et amère, qui fait payer à ceux qui l'entourent la perte de ses rêveries de jeune fille. Ce schéma naturaliste est impuissant à rendre compte de l'emprise du film sur l'imaginaire du spectateur. Il ferait d'ailleurs des *400 Coups* une œuvre pessimiste et sombrement déterministe. Or, on le verra, rien n'est plus loin de la vérité. Pour la cerner, il est en fait utile de recourir à une analyse métapsychologique qui ne concerne pas simplement les personnages mais l'ensemble du système de représentation du film. Bruno Bettelheim remarque dans sa *Psychanalyse des contes de fées* que, dans les contes, "les processus intérieurs sont traduits en images visuelles". *Les 400 Coups* est une œuvre qui libère, sans jamais le rendre explicite, un puissant fantasme. Sous ses dehors réalistes, il **présente l'image d'un monde déréglé et monstrueux** qui manifeste au héros son hostilité et le persécute. L'ambivalence d'une fixation œdipienne où haine et amour se confondent est à l'origine de cette vision et génère la fatalité qui semble s'acharner sur le héros. On reverra d'abord rapidement

9. *Le Cinéma selon Truffaut*, 1988.

les données théoriques de l'Œdipe classique afin de définir la version particulière qu'en propose le récit de Truffaut.

On peut décrire le scénario œdipien comme une pièce en trois actes. A sa naissance, l'enfant jouit pendant un certain temps d'un état de fusion symbiotique avec sa mère où n'intervient pas encore la notion d'une séparation. Le corps de l'enfant est le prolongement de celui de la mère. Cette époque se place, si elle est vécue harmonieusement, sous le signe de la réalisation de tous ses désirs qui ne connaissent aucune limitation. Pour l'enfant, la mère représente la seule réalité et subvient à tous ses besoins. Dans le second acte intervient la loi paternelle; d'une relation duelle, on passe à une relation trinaire. Le père impose la séparation de la mère et de l'enfant. Au désir illimité succède l'interdit. A ce stade, l'enfant manifeste des sentiments marqués d'hostilité et de jalousie envers le représentant paternel et des pulsions d'amour envers la mère qui a pris une réalité autonome, détachée du corps de l'enfant. Poussé à son terme, la logique de ces pulsions exigerait, comme dans le mythe, que l'enfant tue son père et épouse sa mère. C'est le moment de la révolte œdipienne qui donne naissance à cette représentation caricaturale de la figure paternelle qu'est le Père idéalisé. Contestant la validité de sa loi, l'enfant la juge arbitraire et injuste. Le père devient alors, selon les cas, soit un tyran brutal auquel il faut répondre par la violence — la loi du talion régit cet échange —, soit un personnage faible et ridicule incapable de faire face au défi du fils. Le passage positif de l'Œdipe se joue en fait dans un troisième acte où l'enfant, reconnaissant la loi du père, s'identifie à celui-ci et s'intègre au monde de la culture que régissent les usages sociaux. Renonçant à un désir illimité, il accepte que les mots remplacent les choses — et c'est l'apprentissage du langage — et que la femme remplace la mère — et c'est l'institution du mariage qui consacre l'intégration du désir dans la loi. La mère joue un rôle essentiel dans cette résolution favorable. Pour permettre l'identification du fils au père, il est en effet indispensable que celle-ci manifeste du respect pour sa loi. Dans le cas où son attitude semble la dévaloriser, elle conserve tout son pouvoir sur le fils qu'elle enferme dans une relation duelle avec elle. Le passage vers la maturité est alors barré. L'absence de figure paternelle stable entraînera pour l'enfant de graves problèmes de socialisation; la figure de la femme restera par ailleurs soudée à celle de la mère, interdisant la formation d'un couple sur le modèle de celui des parents.

Chez Truffaut, ce schéma se bloque très vite et ne dépasse jamais les deux premiers stades. C'est en fait le premier que l'on va surtout voir sans cesse reproduit, mais selon des modalités désastreuses, dans les films. Cela explique que ce soit les travaux de D.W. Winnicott, un psychanalyste qui fut d'abord pédiatre et consacra ses recherches aux jeunes enfants, qui éclairent le mieux la problématique du rapport à la mère chez Truffaut et les conséquences de son fiasco pour le bien-être affectif des héros. L'intérêt de Winnicott pour les comportements asociaux et la délinquance rend ses écrits particulièrement pertinents à l'étude des *400 Coups*.

La clé de voûte de la réflexion de Winnicott est sa théorie de l'**espace transitionnel**. On va voir qu'elle permet de montrer que représentations spatiales et figure maternelle sont rigoureusent liées dans la logique imaginaire du film. L'espace transitionnel est un **lieu potentiel**, situé entre réalité intérieure et réalité extérieure dont la constitution, au cours de l'enfance, détermine le futur de notre rapport au monde. Dans les premiers mois de sa vie, le nouvau-né est incapable de distinguer entre le subjectif et l'objectif. Les soins maternels, en créant un univers conforme à ses désirs, lui donnent la confiance nécessaire pour découvrir la réalité extérieure. Pour être bien vécue, cette première découverte doit se placer sous le signe d'une illusion, celle normale et saine de retrouver dans ce qu'il perçoit objectivement l'expression de sa propre subjectivité : "L'adaptation de la mère aux besoins du petit enfant, quand la mère est suffisamment bonne, donne à celui-ci *l'illusion* qu'une réalité extérieure existe, qui correspond à sa propre capacité de créer[10]." L'aire transitionnelle naît de cette illusion et la première création de l'enfant sera ce que Winnicott appelle l'objet transitionnel, dont le sein maternel représente la forme primitive : "La mère place le sein réel juste là où l'enfant est prêt à le créer[11]." Il sera ensuite remplacé par un jouet, ou une possession privilégiée, où viendront se cristalliser toutes les composantes positives de l'espace transitionnel. Grâce à lui, l'enfant se montrera capable de supporter l'absence de la mère et les séparations, c'est-à-dire de franchir le cap nécessaire de la désillusion. L'objet transitionnel marque la "transition" de l'enfant d'un

---

10. D.W. Winnicott, *Jeu et réalité : l'espace potentiel*, éd. Gallimard, 1975.
11. D.W. Winnicott, *op. cit.*, 1975.

état d'*union* avec la mére à un état de *relation* avec elle en tant que réalité séparée. Le paradoxe de cet objet est qu'afin d'être *créé*, il doit d'abord être *trouvé* dans le monde extérieur. C'est un phénomène à la fois objectif et subjectif qui vient combler la faille entre monde intérieur et monde extérieur. "Nous supposons ici, écrit Winnicott, que l'acceptation de la réalité est une tâche sans fin et que nul être humain ne parvient à se libérer de la tension suscitée par la mise en relation de la réalité du dedans et de la réalité du dehors; nous supposons aussi que cette tension peut être soulagée par l'existence d'une aire intermédiaire d'expérience[12]." L'espace transitionnel sera dans l'enfance celui du jeu puis, à l'âge adulte, celui des activités culturelles, de la vie imaginaire et de la créativité.

Si une carence des soins maternels ou une faillite de l'environnement primaire interdit la constitution de cet espace, l'enfant perdra la capacité d'entrer en contact avec la réalité extérieure et éprouvera ce que Winnicott appelle une "détresse impensable". La confiance est alors remplacée par la peur et l'espace transitionnel s'emplit d'objets persécutifs. Il se transforme en espace carcéral qui marque la rupture avec le monde du dehors. La délinquance est une des conséquences les moins catastrophiques de cette expérience qui, dans les cas les plus graves, peut mener au retrait pur et simple du monde et à l'autisme.

L'Enfant sauvage présente dans l'œuvre de Truffaut un exemple de cette situation désastreuse. La plupart de ses films s'organisent en effet selon une problèmatique qui recoupe de près les termes décrits par Winnicott. Ses héros asociaux tentent tous de retrouver cet espace de communication, de créativité et d'expériences partagées que représente l'aire transitionnelle. Dans *Le Dernier Métro*, on voit ainsi Lucas Steiner, frappé d'exclusion parce qu'il est juif et privé des soins maternels de sa femme, tenter de se réapproprier, de la cave où il doit se cacher, cette aire d'illusion et de créativité que représente la scène du théâtre.

Dans *Les 400 Coups*, **l'opposition entre espace transitionnel et espace carcéral est fortement marquée** par toute la dynamique visuelle du film qui contraste, on l'a vu, les scènes en exté-

12. D.W. Winnicott, *op. cit.*, 1975.

rieur où s'exprime le goût du jeu et de la liberté, et les scènes en intérieur où Antoine fait face à l'agression permanente des adultes, et en particulier de sa mère. De nombreux plans montrent tout au long du récit l'enfant, mais aussi d'autres personnages, filmés derrière des barres d'escaliers, des barreaux de prison, des grillages de cages ou même simplement une vitre comme lors de la visite manquée de René au Centre. Il faut voir dans l'ensemble de ces représentations une première projection des problèmes qui opposent la mère au fils et des tentatives sans cesse réprimées de ce dernier pour se constituer une identité autonome et séparée. Dès l'ouverture du film — et donc bien avant l'arrivée du personnage de Madame Doinel — on trouve également d'ailleurs l'évocation d'une série d'activités qui renvoient rigoureusement à la problématique définie par Winnicott.

Jouer, écrire, voler

Le début des *400 Coups* singularise immédiatement Antoine dont le comportement tranche sur celui des autres enfants. Il manifeste dès les premières images des conflits et une créativité supérieurs à la norme. La photo de la pin-up circule tranquillement sur les pupîtres de la classe jusqu'à ce qu'elle tombe sur le sien (cette scène est directement inspirée de *L'Ange bleu* de Sternberg où les écoliers admirent en classe une photo de Lola Lola). Au lieu de se contenter de la regarder, il s'empare aussitôt de son porte-plume pour lui barrer le visage d'une moustache. Cette agression contre le féminin, qui peut être lue comme un déni de la différence des sexes, lui vaut d'être isolé au coin, première représentation d'un espace carcéral qui ne fera que se rétrécir autour de lui au cours du film. Loin d'y demeurer passif, il prend l'initiative d'y composer un poème dont la spontanéité contraste avec cette grotesque caricature de la littérature qu'est *Le Lièvre*, poésie recopiée par le maître sur le tableau noir (photo 9). Comme le remarque Jean Collet, si cet animal a dans le récit le droit à la parole — *Le Lièvre* reproduit à la première personne les états d'âme du rongeur —, Antoine ne jouit pas du même privilège. Le maître furieux punira immédiatement les élans créateurs de l'enfant. Notons au passage que les critiques qu'il adressera à Antoine sur son poème portent exclusivement sur la forme de son œuvre et sa prosodie; de la même façon, lorsque ses parents recevront sa lettre d'adieu, Monsieur Doinel relèvera d'abord le fait que son fils écrit "je comprends" sans "s". Antoine est toujours "lu" à contre-sens et ses efforts pour s'exprimer sont mal interprétés. En fait, ce premier incident sert

9

à lancer **un des thèmes majeurs du film, celui de l'écriture**. Dans le déclin et la chute d'Antoine Doinel, elle jouera le rôle du péché originel. Incapable d'écrire lorsqu'on l'exige de lui, il voit, dès qu'il prend la plume, les désastres s'abattre sur lui. Un bref recensement confirme ce point : après le poème, viendront la punition oubliée, le mot d'excuse prêté par René qu'il n'arrive pas à recopier, le mot d'adieu aux parents, la composition française qui lui vaudra d'être renvoyé et la lettre expédiée du Centre à son père qui marque la rupture définitive de ses relations avec sa famille. La seule fois où il écrira en toute quiétude, ce sera pour s'incliner devant la loi et signer sa déposition à la justice. On peut même ajouter à cette liste la vieille imprimerie où Antoine va chercher refuge pendant sa première fugue. René lui explique que le sol s'y est effondré. Dans ce contexte d'une **malédiction de l'écriture**, la décision absurde de voler une machine à écrire est tout à fait logique. Le langage joue, on le sait, un rôle capital dans l'œuvre de Truffaut. Dans la sphère des activités transitionnelles, l'écriture, en tant que libre expression du monde intérieur, est un des moyens les plus efficaces d'affirmer son identité et sa maîtrise sur le monde extérieur. Pour reprendre la terminologie lacanienne, le langage représente le passage de l'imaginaire au symbolique, du passé au présent, d'une relation duelle dominée par la mère à un rapport trinaire où intervient la médiation paternelle, de la nature à la culture. Dans *Les 400 Coups*, cette voie royale de la communication et de la socialisation adultes est d'emblée barrée à Antoine.

Tandis que le héros, puni et coincé derrière le tableau, écrit son poème sur le mur de l'école, l'insertion de deux plans montre les autres élèves en train de jouer dans la cour de récréation. Cette **construction filmique, où alternent écrire et jouer**, suggère la similarité qui existe entre ces deux activités. On a vu que pour Winnicott, les activités culturelles et l'expression de la créativité se situent dans le prolongement direct du jeu de l'enfance. Comme lui, elles mettent en rapport le monde intérieur et la réalité externe puisque, dans le jeu, l'enfant projette ses rêves et ses fantasmes. Ces plans alternés suggèrent même qu'au début du récit, Antoine possède une maturité supérieure à celle des autres enfants. Privé de récréation, il est capable de substituer à leurs jeux les plaisirs de la création et de connaître une forme plus élaborée de détente et d'évasion. Cette activité lui vaudra d'ailleurs un certain succès auprès des écoliers qui, de retour en classe, viendront admirer son œuvre. La rage du maître stoppera net cet élan créateur. Mais si l'écriture est d'emblée vouée à l'échec, le jeu viendra affirmer dans le film la force et l'énergie indomptables de l'enfance. Des billards électriques aux parties de jacquet ou de sarbacane (photo 10), en passant par le Rotor ou le Guignol, Antoine et René partageront de nombreuses expériences qui relèvent d'une approche ludique de la réalité. L'école buissonnière, qui inscrit déjà le jeu dans le contexte des comportements asociaux, marque les limites de cette activité à l'âge de la scolarisation. Tandis que la première scène montrait Antoine comme un enfant plus mûr que les autres gamins, le récit va suivre l'**itinéraire d'une régression**, sinon psychique, du moins sociale et culturelle.

La vitalité d'Antoine dans l'adversité est pourtant illustrée par une troisième activité dans le film. Il s'agit du vol. On en trouve la première mention à la sortie de l'école, quand René demande à Mauricet où il a volé l'argent pour acheter les lunettes de plongée qu'il arbore fièrement. Le vol revêt dans *Les 400 Coups* un caractère obsédant. Il est clair que, pour Antoine, voler

10

fait partie de la routine quotidienne. Dès qu'il arrive chez lui, on le voit dérober de l'argent à ses parents. Son père le soupçonnera, pendant le dîner, d'avoir volé un stylo et, à juste titre, de lui avoir pris son *Guide Michelin*. Plus tard ce seront les photos d'actrices chapardées (photo 11) dans le hall des cinémas (on retrouvera la même scène dans *La Nuit américaine* avec le rêve de Ferrand), le réveil- matin, mais aussi la bouteille de lait et, bien entendu, la machine à écrire. René paraît tout aussi expert en la matière, de même que Madame Bigey et Madame Doinel : on voit la première voler de l'argent à la maison tandis que l'entretien d'Antoine et de la psychologue nous apprend que la seconde fait régulièrement les poches de son fils et lui a pris un livre offert par sa grand-mère. Le recéleur essaiera de s'approprier la machine à écrire tandis que dans les couloirs de l'école on apercevra, au moment du renvoi d'Antoine, un jeune écolier en train de fouiller dans les manteaux de ses camarades. Le **thème du vol** est d'ailleurs **une des constantes de l'œuvre** de Truffaut. On ne trouve pratiquement pas un film où on ne voit quelqu'un voler ou être volé. L'héroïne de *La Sirène du Mississippi* est une délinquante professionnelle tout comme Camille Bliss dans *Une belle fille comme moi;* dans *L'Argent de poche*, on voit l'enfant martyr s'emparer d'une boîte de compas et, dans *La Chambre verte*, le jeune sourd briser une vitrine pour prendre

11

un mannequin ; dans *L'Homme qui aimait les femmes*, le jeune Bertand Morane vole les lettres de sa mère tandis que dans *Adèle H.* une femme essaie de fouiller dans la malle de l'héroïne à l'asile de nuit ; dans *Le Dernier Métro*, les loges des acteurs sont dévalisées et dans *Vivement Dimanche !*, la chambre d'hôtel de la secrétaire est visitée par un inconnu. Comme l'indiquent ces exemples, **le vol est marqué du sceau de l'enfance** et, d'une façon générale, ce sont les enfants qui volent et les adultes qui sont volés.

Dans ses nombreux écrits sur la délinquance et les comportements asociaux, Winnicott définit le vol comme un geste d'espoir de la part de l'enfant qui pense avoir été privé de l'amour et des soins auxquels il avait pleinement droit: "La tendance anti-sociale représente l'espoir chez un enfant qui autrement serait désespéré, malheureux et inoffensif. (...) Si l'on remonte aux racines du vol, on découvre toujours que le voleur a besoin de restaurer sa relation au monde en se fondant sur la redécouverte de la personne qui, parce qu'elle lui est dévouée, le comprend et désire s'adapter activement à ses besoins. (...)Le voleur ne cherche pas l'objet qu'il prend. Il cherche une personne. Il cherche sa mère, seulement il ne le sait pas (...) Un enfant qui est malade de cette façon est incapable de tirer plaisir de la possession de choses volées. Il ne fait que passer à l'acte un fantasme qui appartient à des pulsions d'amour primitives (...) Le fait est qu'il a perdu, d'une façon ou d'une autre, le contact avec sa mère[13]." En ce sens, la délinquance représente un comportement positif et thérapeutique. **Le vol est un geste de réappropriation symbolique**. Au lieu de renoncer, l'enfant demande réparation. Il tente, en volant, d'éviter un retrait du réel pour retrouver l'espace transitionnel. Une belle scène elliptique illustre bien ce phénomène dans le film. De façon assez surprenante, Antoine et René prennent la décision de voler la machine à écrire au cours d'une représentation de Guignol au Luxembourg. Leur conversation est encadrée de plans où l'on voit de jeunes enfants entièrement absorbés par l'enchantement du spectacle. Cette étrange juxtaposition suggère encore une fois le rapport analogique qui unit ces deux activités. Voler représente la volonté de retrouver par la violence le monde de l'illusion où subjectivité et réalité objective coïncident et s'harmonisent. Notons enfin que dans le film la seule personne à être volé sera le père d'Antoine avec la disparition de son *Guide Michelin*. Ce détail renvoie à l'échec de son autorité et de la loi qu'il est censé représenter.

Pour en terminer avec le thème de la délinquance, on peut ajouter que Truffaut disait avoir décidé de faire un film du *Journal* du Docteur Itard à cause de la scène de la punition injuste qui provoque la colère de Victor. Dans *L'Enfant sauvage*, le pédagogue teste en effet le sens moral de son jeune élève en l'enfermant dans un placard alors qu'il n'a commis aucune faute ; furieux, Victor mord alors Itard. Ce geste de révolte est interprété de façon juste par le Docteur qui y voit un signe de vigueur et de santé mentale. Dans *Les 400 Coups* au contraire, chaque rebellion d'Antoine est punie par les adultes plus durement que la précédente. La surenchère constante des appels lancés par l'adolescent dans le seul langage qu'il parvienne à maîtriser, celui des actions violentes, le conduit à une solitude complète. L'échange qu'il tente d'instaurer avec les adultes demeure un dialogue de sourds. La seule réponse au vol et à la délinquance juvénile doit être, comme le montre *L'Argent*

13. D.W. Winnicott, *Le Monde extérieur et l'enfant*, éd. Payot, 1989.

de poche, l'indulgence et la dédramatisation des méfaits. Lorsque les jeunes frères voleront dans ce film des armes en plastique qu'ils distribueront aux élèves de la classe, l'instituteur se contentera d'expliquer qu'il doivent les rendre. Mais *L'Argent de poche* est, comme *L'Enfant sauvage*, un film de réparation. Son titre même en témoigne. *L'argent de poche*, don consenti par les adultes aux enfants, est l'antidote du vol.

Antoine et Madame Doinel II : la relation duelle

On a étudié la fonction symbolique de la figure maternelle dans le développement de l'enfant et vu que son dérèglement dans *Les 400 Coups* rendait à la fois compte de l'organisation spatiale du film et de la chaîne régressive qui, de l'écriture au jeu et du jeu au vol, marque l'itinéraire d'Antoine vers la délinquance.

On examinera maintenant la description qu'offre *Les 400 Coups* de la personne physique de Madame Doinel et la dynamique de ses rapports à son fils. L'arrivée de ce personnage capital est soigneusement ménagée par le récit. Alors que la première scène à l'école présentait les symptômes du malaise de l'adolescent, la seconde scène à la maison en révèle les causes. Antoine arrive dans un appartement vide où il s'empresse de commettre des gestes de violence et de destruction: ouvrant le poêle, il laisse surgir de hautes flammes dans la pièce ; essuyant ses mains souillées de charbon sur les rideaux, il les salit — ce détail reprend une scène analogue dans *Boudu sauvé des eaux* de Renoir — et vole finalement de l'argent. Après ces manifestations de colère, la scène qui suit, dans la chambre de ses parents, exprime une nostalgie mélancolique pour sa mère absente. Antoine respire ses parfums et joue avec les objets étranges qu'il trouve sur sa coiffeuse, entre autres un appareil qui sert à poser de faux cils. Trois miroirs reflètent son image solitaire et évoquent la fragmentation de sa personnalité en quête d'une identité stable (photo 12). Dans son commentaire sur le fameux stade du miroir qui représente, selon Lacan, la première prise de conscience par l'enfant de la réalité de son corps comme totalité autonome, Winnicott se contente d'observer:

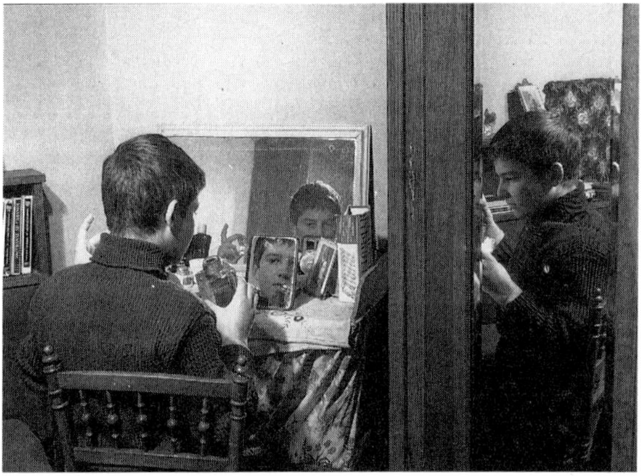

12

"Dans le développement émotionnnel de l'individu, le précurseur du miroir, c'est le visage de la mère." C'est en effet la mère qui, par le regard qu'elle porte sur l'enfant dans les premiers mois de sa vie, reflète les émotions qu'il lui inspire, amour ou indifférence. En regardant sa propre image, celui-ci essaie de saisir dans son reflet le regard maternel. Antoine est un enfant qui souhaite être vu, regardé, pris en considération par les adultes qui l'entourent et, dans la dynamique visuelle du film, les regards joueront plusieurs fois un rôle essentiel. C'est le cas, par exemple, dans l'épisode muet où les parents d'Antoine viennent le chercher en classe après son mensonge. Terrifié, il s'approchera de son père qui le giflera. Comme le remarque Truffaut, qui qualifie cette scène de "hitchcockienne": "Toute la suite des plans est faite de regards" (photo 13). Les comportements transgressifs et la délinquance sont une façon d'attirer sur soi l'attention. Mais, cet exemple le prouve, ces regards ne valent à Antoine que réprimandes, punitions et châtiments. Le seul regard qu'il arrivera à attirer sur lui sera celui de la loi.

L'arrivée de Madame Doinel au logis familial, et du même coup dans le récit, se produit au moment où Antoine commençait à rédiger sa punition. Cette scène confirme immédiatement la distance entre le fils et la mère. Alors que la première apparition de Monsieur Doinel se fera dans un plan où il surgit, dans l'escalier de l'immeuble, aux côtés d'Antoine qui revient

13

d'acheter la farine, Madame Doinel reste visuellement séparée de son fils. Elle demeure dans l'entrée de l'appartement, tandis qu'Antoine, installé dans la salle à manger, ne bouge pas. Cette scène contraste aussi avec le second dîner du film: lorsque son père arrive seul à la maison, Antoine se lève aussitôt pour aller l'accueillir dans l'entrée. Mais ici la conversation rapide entre le fils et la mère (pour constater qu'il a oublié de faire les courses) se déroule sans qu'il partagent le même espace; un montage parallèle les filme isolément. Madame Doinel commence à retirer ses bas et, sans même jeter un regard dans sa direction, demande à son fils d'aller chercher ses mules. Antoine, traversant presque par effraction le plan où elle exhibe jambes et jarretières, disparaîtra alors pour se rendre à l'épicerie. De ce premier échange demeure l'image d'une femme à la fois glaciale et impudique, se déshabillant devant l'adolescent avec une royale indifférence pour sa sexualité naissante. Cette image marque l'imaginaire des films de Truffaut où les jambes resteront liées à l'exhibitionnisme maternel et à l'attrait sexuel. Dans *Baisers volés*, lorsque Fabienne Tabard fera son apparition dans le magasin où travaille Antoine, elle sera, comme Madame Doinel en train de se déchausser pour essayer une paire d'escarpins. Dans *L'Argent de poche*, la belle femme du coiffeur sera, elle, occupée à se faire les ongles des pieds quand le jeune Patrick viendra lui apporter des roses rouges dans l'espoir de lui faire deviner l'amour passionné qu'il lui porte. Mais c'est *L'Homme qui aimait les femmes* qui amène à son terme la logique de ces représentations. Dans un flashback de l'enfance, on verra Madame Morane se promener dans un déshabillé ouvert sur ses jambes gainées de soie tandis que son fils, assis sur une chaise, lit à côté d'elle. Ce corps dénudé effraie l'adolescent autant qu'il le séduit. En l'absence de tout médiateur masculin, la fixation de son désir sur le corps maternel rendra plus tard impossible la résolution de l'Œdipe. Dans sa vie adulte, les jambes féminines et les livres (tous deux fortement associés au corps maternel) prendront valeur de fétiches, le maintenant dans une position régressive d'assujettissement pré-œdipien à la mère. *L'Homme qui aimait les femmes* joue d'ailleurs à bien des égards un rôle complémentaire par rapport aux *400 Coups*. La conduite transgressive du héros dans le domaine amoureux — c'est un Don Juan comme l'indique le titre — se présente comme la contrepartie de la délinquance d'Antoine. Ces deux ordres de comportement asociaux trouvent leur origine dans le rapport du héros à une mère indifférente, distante et dure dont la conduite amoureuse reste une énigme pour l'adolescent.

Comme pour Madame Morane, grande collectionneuse d'amants, Madame Doinel deviendra le catalyseur de l'exclusion sociale de son fils dès qu'il l'aura rencontrée dans les bras d'un homme inconnu. Cette scène se joue elle aussi sur un échange muet de regards. Tandis qu'Antoine traverse avec René la place Clichy, un travelling semi-circulaire suit son mouvement autour du couple immobile (photo 14). Cette scène trouvera d'ailleurs son pendant dans *L'Homme qui aimait les femmes* où c'est la mère qui, arpentant la rue d'un pas vif, qui amène d'ailleurs au début du récit son fils à la comparer à une prostituée, surprend l'adolescent en conversation avec une fillette. Le regard de Madame Morane, filmée en travelling, reprend exactement celui d'Antoine dans *Les 400 Coups*. *L'Homme qui aimait les femmes* n'en finit d'ailleurs pas de tracer des parallèles entre mère et fils ; *Les 400 Coups* amorçait déjà l'ébauche de cette identification. Lorsque Madame Doinel arrive à la maison, elle se regardera comme Antoine dans une glace et on la retrouvera même plus tard devant sa coiffeuse, la pince à faux cils dans la main, triplement reflétée par les miroirs comme son fils. Comme lui, elle ment, vole

14

et mène une vie clandestine. Sur un mode mineur, on retrouve cette même identification du fils et de la mère chez les Bigey où René va voler l'argent du ménage exactement comme sa mère le fera quelques instants plus tard. La représentation du masculin dans le film comme prolifération indifférenciée indiquait qu'il n'existe pas d'homme fort ou prestigieux auquel puisse s'identifier Antoine. Il demeure seul, sans médiateur, face à un féminin énigmatique, séducteur et tout-puissant.

Madame Doinel est dans le récit le **principe générateur des énergies narratives**. Toutes les actions d'Antoine sont déterminées par ses pulsions envers elle. Ce n'est évidemment pas un hasard s'il décide de la tuer métaphoriquement après l'avoir vue avec son amant. Cette exécution symbolique est sans doute partiellement dictée par la jalousie, mais elle confirme surtout le fait que pour Antoine, Madame Doinel a toujours été psychiquement morte. Au lieu de servir de support à l'enfant, elle a représenté dans son expérience une lacune, un trou, un vide. Winnicott décrit la fonction maternelle dans les premières années comme "holding", c'est-à-dire comme soutien indispensable à l'épanouissement de la personnalité de l'enfant. La rencontre de l'amant, qui relève à proprement parler de la crise œdipienne, ne fait que réactiver une **situation primitive de carence et d'abandon** qui a pris place à une époque beaucoup plus lointaine. Comme l'apprendra au spectateur l'entretien d'Antoine avec la psychologue, la mère morte est aussi une mère mortifère qui a souhaité supprimer l'enfant avant sa naissance en avortant. Madame Doinel manifestera d'ailleurs explicitement son aversion de la maternité lorsqu'elle déclarera à propos de la grossesse de sa cousine: "Le quatrième en trois ans. C'est du lapinisme. Moi, je trouve ça dégoûtant!"

Pourtant, il est remarquable que, dès que cette mère rejetante manifeste à l'égard de son fils un semblant d'intérêt et d'affection, on voie aussitôt ce dernier se transformer radicalement. Cette métamorphose indique, comme le fera plus tard la délinquance, que subsiste encore en lui un très vif espoir qui témoigne de sa vitalité intérieure. La seule expression de la créativité d'Antoine qui soit intégrée dans le contexte social de la réussite scolaire intervient après sa conversation avec sa mère au lendemain de sa première fugue. Cette scène capitale appelle plusieurs remarques.

On retrouve d'abord le principe d'identification entre la mère et le fils. Antoine n'a pour seul modèle que la femme. Dans leur entretien, Madame Doinel fait l'éloge de l'écriture. Après avoir reconnu qu'on apprend à l'école "des tas de choses inutiles", elle ajoute: "Mais le français, hein ! le français, on a toujours des lettres à écrire." Cette remarque revêt dans le contexte du film une valeur tragiquement ironique puisque ce sera justement l'écriture qui à plus d'un titre perdra Antoine — sans doute parce qu'elle demeure indissociable d'un féminin conflictuel. Madame Doinel parle d'ailleurs à son fils de son journal de jeune fille qu'elle se propose de lui faire lire. On remarque aussi que lorsque Antoine recopie le mot d'excuse de René, c'est un mot de Madame Bigey qu'il reproduit en imitant l'écriture de sa propre mère. L'autorité paternelle est dans cette scène doublement éludée. Dans *L'Homme qui aimait les femmes,* Bertrand Morane écrivant ses mémoires se comparera d'ailleurs à sa mère rédigeant ses lettres d'amour ou tenant le décompte de ses amants. Antoine, comme Bertrand, reste enfermé dans une relation duelle. Ceci est d'autant plus flagrant dans *Les 400 Coups* que Madame Doinel propose à son fils un contrat.

Cette procédure, qui unit mère et fils dans un rapport formel d'engagement mutuel, se retrouve dans plusieurs films de Truffaut. La belle Fabienne Tabard dans *Baisers volés,* lorsqu'elle viendra voir Antoine dans sa chambre pour s'offrir à lui, emploiera le même terme. Le contrat consistera alors à passer deux heures dans son lit et à disparaître. Dans *Les Deux Anglaises*, la mère de Claude avec laquelle il vit seul, lui imposera elle aussi un contrat lorsqu'il déclarera vouloir épouser Muriel. Il devra accepter de ne pas voir la jeune femme pendant un an. Cet accord passé entre une figure maternelle et une figure filiale marque non seulement la nature contraignante du rapport qui les unit, où liberté et respect de l'autre sont exclus, mais représente également une sorte de parodie du contrat œdipien entre le père et le fils, au terme duquel si ce dernier accepte de renoncer à la mère il sera récompensé par l'accès à la maturité culturelle et sexuelle. Ici le père est exclu et la mère usurpe sa place pour maintenir le fils dans une situation régressive de dépendance.

Madame Doinel dira exactement à Antoine: "On peut avoir de petits secrets tous les deux (...) tu ne diras rien à ton père." Cette proposition est doublement transgressive puisqu'elle sépare d'abord père et fils mais sert aussi à protéger la mère d'une dénonciation possible. En acceptant ce pacte, Antoine couvre indirectement l'adultère maternel. Cette démarche ne peut déboucher que sur un désastre pour l'enfant qui aliène radicalement son autonomie.

Balzac et le feu

Malgré son silence boudeur pendant cette scène, on voit aussitôt les paroles de Madame Doinel produire leur effet sur son fils. Leur échange est suivi par le célèbre épisode de la leçon de gymnastique. Notons d'abord que cette scène est une citation directe de *Zéro de conduite* de Vigo où on voyait les collégiens se promener dans les rues sous la surveillance du sympathique pion du pensionnat joué par Jean Dasté (que Truffaut fera tourner dans *L'Homme qui aimait les femmes* et *La Chambre verte*). Chez Vigo, le pion intéressé par une jolie passante semait les élèves. Truffaut inverse les termes de la citation et, dans *Les 400 Coups*, ce sont les écoliers qui abandonnent l'un après l'autre leur sportif moniteur. Cette scène semble à première vue n'avoir aucun rapport avec celle qui la précède et marque, pour la première fois dans la narration, l'ellipse d'un lien causal ou temporel entre les séquences. En fait cette vignette allègre vient inscrire dans le récit un premier résultat de la conversation entre Antoine et sa mère. Ce professeur délaissé évoque l'autorité paternelle ridiculisée et bafouée par les propos de Madame Doinel. Cette euphorie se poursuit dans l'épisode suivant où Antoine lit avec passion Balzac. L'ordre culturel semble s'ouvrir pour l'enfant sous l'égide de sa mère. Cette infraction à la norme œdipienne est pourtant aussitôt sanctionnée par le début d'incendie provoqué par le petit autel d'Antoine au romancier. Interrompant le dîner familial, il provoque la juste colère de Monsieur Doinel. C'est en effet bien sa position symbolique de père et d'époux que menaçait le pacte secret d'Antoine et de sa femme (photo 15). Le feu, principe masculin, vient ici s'opposer au livre comme il le fera plus tard sur un mode majeur, dans *Fahrenheit 451*. Montag y transgressera la loi du capitaine des pompiers en lisant les livres, au lieu de les brûler, à l'instigation d'un personnage féminin, Clarisse. Dans *La Chambre verte*, le héros, Davenne, qui voue un culte fétichiste à sa femme morte et refuse de se séparer d'elle, verra la chambre qu'il réserve à son souvenir détruite par un feu que déclenche un orage. Il n'est pas possible d'entrer ici dans l'étude de ce réseau complexe de représentations. On en retiendra simplement que le feu reste chez Truffaut lié à l'interdit masculin d'une fusion avec une figure maternelle. Dans *Les 400 Coups*, Madame Doinel parviendra à tromper son mari et à faire triompher sa loi. Prenant Antoine sous sa protection, elle proposera une soirée au cinéma qui représente la seule évocation d'une vie familiale heureuse dans le film. Pour une fois l'harmonie existe au sein du trio et le désir circule entre les époux. On voit en effet Monsieur Doinel revendiquer la propriété du corps de sa femme et saisir sa jambe dans l'escalier pour en faire admirer le galbe à son fils.

Mais le contrat secret sera finalement rompu, non par Monsieur Doinel, trop faible et trop facile à berner, mais par l'insupportable instituteur qui se montrera au reste tout aussi incapable que le père d'Antoine de comprendre la situation et de rétablir un ordre juste. Car il faut noter que, si dans Les *400 Coups*, comme dans *Fahrenheit 451* ou *La Chambre verte*, le rapport fusionnel avec la mère est condamné, il n'existe dans aucun de ces films d'alternative viable à la loi maternelle. Les représentants paternels seront toujours dévalorisés par les récits à l'exception du mentor ou du pédagogue. Cette impasse barre la voie à une matu-

15

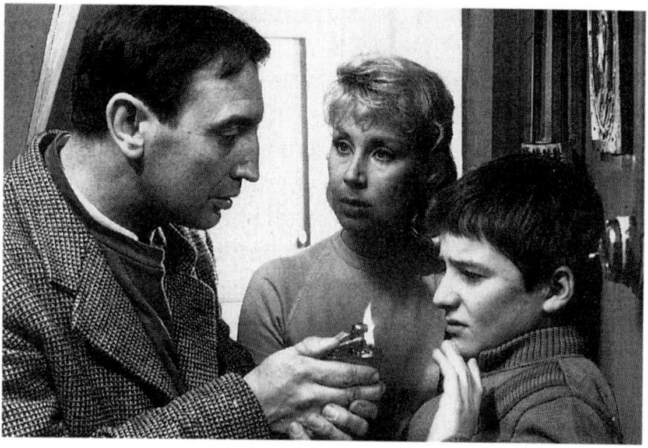

rité qui s'épanouirait dans une existence active socialisée ou une vie amoureuse harmonieuse. La seule issue réside dans le domaine des réalisations culturelles, livres ou films, c'est-à-dire ce que Truffaut appelait le reflet de la vie.

Lorsque Petites Feuilles accuse Antoine de plagiat, il est évidemment injuste car ce méfait est involontaire. En fait, le romancier remplit la fonction d'un objet transitionnel pour l'adolescent. Il reflète le paradoxe de cet objet et manifeste la confusion qui le caractérise entre le dedans et le dehors. Antoine croit sincèrement avoir *créé* le texte, alors qu'il l'a *trouvé*. Cette démarche régressive, qui relève d'une situation pré-œdipienne où l'enfant cherche d'abord à se repérer par rapport à la mère, débouche sur un désastre. Incompris dans ses effort pour atteindre la réalité extérieure, il ne restera plus à Antoine que le chemin de la délinquance.

Scénario réaliste et scénario fantasmatique

Les 400 Coups n'est pas la simple histoire d'un échec. C'est le récit d'un conflit mais surtout d'une lutte pour la survie. On trouve de nombreux éléments qui marquent la vigueur et la vitalité psychiques d'Antoine. Il existe toute une dimension du film qui ne doit rien à la position symbolique des personnages principaux mais tient à des éléments qui paraissent à première vue relever de la description. Derrière le scénario réaliste événementiel qui est déterminé par l'engrenage, le talion et la solitude, se profile une **veine fantasmatique** tout aussi puissante qui reflète l'idéal d'Antoine. Le scénario fantasmatique des *400 Coups* manifeste en premier lieu un désir obsédant de fusion avec une figure maternelle. Ce désir n'est pas présenté comme réel — Madame Doinel ne le satisfera jamais —, mais comme l'expression d'une nostalgie obsédante. La nostalgie est un sentiment dont on trouve souvent la trace dans les films de Truffaut et qui correspond toujours à l'emprise précaire que le héros peut exercer sur les représentations intérieures d'un objet perdu. La nostalgie renvoie à un passé archaïque et Antoine, comme les autres personnages de Truffaut, cherche la réalisation de ses désirs dans la reproduction de signes indestructibles de satisfaction infantile.

Le vœu de fusion avec une figure maternelle se manifeste d'abord dans le rapport passionné entre Antoine et Paris. **La ville est un espace maternel**, un environnement-mère, qui abrite l'enfant pendant ses fugues, protège ses jeux avec René, le cache, le lave et le nourrit. Elle procure à Antoine ce lieu protecteur indispensable à tout développement favorable. Pendant la nuit d'errance dans Paris, on relève plusieurs traces d'un féminin lointain, absent, idéal. Antoine passe devant une vitrine où sont déployées d'innombrables paires de bas puis rencontre Jeanne Moreau; mais c'est surtout le vol de la bouteille de lait qui marque du sceau de la maternité la ville (photo 16). Dans les films de Truffaut, à l'opposé de ce qui se passe par exemple chez Renoir où le banquet représente l'expression d'une vie collective harmonieuse, la nourriture est toujours dévalorisée. La seule forme sous laquelle elle reçoit une connotation positive est celle de nourriture enfantine où s'exprime l'amour d'une figure maternelle. Dans *L'Enfant sauvage*, le lait que réclame Victor est chaque fois associé visuellement au spectacle de la maternité radieuse de Madame Lemery, son enfant dans les bras. Dans *L'Argent de poche*, on assistera à la tétée du nouveau-né de l'instituteur et au plantureux repas de Patrick chez la coiffeuse qui sera entièrement filmé en gros plans muets de la jeune femme et de l'adolescent. La belle séquence de la nuit d'errance dans Paris, où l'on voit Antoine s'emparer d'une bouteille de lait et boire à la dérobée son contenu dans les rues désertes, unit explicitement le vol à la recherche de

16

la mère nourricière. C'est par excellence un geste de réappropriation symbolique où la ville se substitue à Madame Doinel et lui offre ce que celle-ci n'a jamais su lui donner. Au matin, il se passera sur le visage un peu d'eau de la fontaine de La Trinité, confirmant l'image de Paris comme logis, foyer et refuge. La seconde nuit, celle de l'arrestation d'Antoine, complètera le portrait de la ville comme instance féminine. Ce ne sera plus sa **maternité** que **mettra en relief** le récit mais **sa sexualité :** les trois prostituées émergeront de la nuit et lorsque Antoine sera embarqué dans le fourgon, la dernière vision qu'il emportera sera celle des néons de Pigalle vantant "les nus les plus osés" de la capitale. Séparé de ce grand corps, à la fois protecteur et séducteur, l'adolescent manifestera pour la première et seule fois du film un véritable désarroi et on verra des larmes couler sur ses joues dans la pénombre de la voiture cellulaire. On pourrait évoquer aussi, à propos de ce vœu fusionnel, la célèbre scène du Rotor. Le Rotor, comme l'ont remarqué les critiques, rappelle cette première machine manuelle, le praxinoscope, qui permettait de créer l'illusion de mouvement à partir d'une série d'images fixes, et évoque donc le cinéma. La présence de Truffaut dans cette machine renforce bien entendu le fil de cette association. Mais le Rotor est aussi un espace rond et clos au sein duquel Antoine se mettra par jeu en position de fœtus. Cette explication n'exclut pas la première mais la complète. Le cinéma joue un rôle important dans la vie d'Antoine. C'est pour lui un lieu qui lui offre la sécurité et l'illusion d'un rapport harmonieux avec le réel; c'est par excellence chez Truffaut un espace transitionnel. On peut d'ailleurs rapprocher le Rotor du Guignol où les plans du visage des enfants passionnés par le spectacle font pendant à celui radieux d'Antoine dans la machine. Le cinéma remplit, pour l'enfant, une fonction essentielle de maternage affectif : "Le cinéma-rotor est une machine maternelle", comme l'écrit Jean Collet. Tournoyant dans ce ventre mécanique, Antoine échappe à la force de la gravité et connaît une apesanteur ludique génératrice de plaisir. L'ivresse, dont il fait l'expérience dans cette scène, sera le seul vrai moment de bonheur du film. La machine remplit ici exactement la fonction de "holding" associée par Winnicott à un environnement-mère favorable. Le contraire, c'est la perte de contact définitive avec la mère, la faillite de l'environnement qui prend la forme d'un chute vertigineuse dans le vide dont on trouve de multiples exemples dans les films de Truffaut : mort de la femme de Charlie puis de Léna dans *Tirez sur le pianiste* ; premier meurtre de Julie Kohler dans *La mariée était en noir* ; chute de la voiture dans *La Nuit américaine* et du petit Grégory dans *L'Argent de poche*. Cet appel du vide, qui représente l'expérience de "la détresse impensable", traduit en termes spatiaux l'effondrement psychique de la dépression nerveuse. En l'absence de tout soutien intérieur, l'être se défait, tombe, sombre. Les évanouissements de Muriel dans *Les Deux Anglaises* ou les hantises de noyade d'Adèle H. évoquent cet état limite de souffrance intérieure. Le Rotor conjure ce danger et l'abolit pour un instant. Et ce n'est pas un hasard si, immédiatement après cette expérience euphorique et libératrice, intervient la rencontre avec la mère et l'amant qui est filmée en travelling circulaire. Antoine tourne autour du couple comme il tournait autour du Rotor. Ce cercle-là, autour d'un mystère et d'une trahison, défait le premier et marque le début de la fuite. Comme le note Jean Collet, le mouvement du Rotor est centripète, il rassemble, réunit, protège; le cercle autour de la mère est centrifuge. Il mène vers l'exclusion.

Mais c'est évidemment la scène avec la psychologue qui actualise le vœu nostalgique d'une réunion avec une figure maternelle de la façon la plus explicite. Ce voeu est annoncé par une scène où ne figure pas Antoine. Deux petits délinquants évoquent dans le parc du centre leur situation familiale désastreuse. L'un d'eux, tout en parlant, caresse distraitement la statue d'une femme qui tient un enfant dans ses bras, image d'une affection radieuse entre mère et fils. La conversation avec la psychologue sera le seul instant du film où Antoine semble entrer avec une femme dans un rapport d'intimité et de confiance qui évoque cet idéal. Face à la caméra, il s'y montre pour la première fois naturel, détendu et souriant avec un adulte. Il expose avec rigueur son "cas" et le documente clairement. Loin d'être la victime passive d'un engrenage qu'il ne contrôle pas, il manifeste au contraire une maîtrise remarquable sur sa situation qu'il comprend et assume de façon lucide. Mais il parle à une voix désincarnée puisque la jeune femme reste dans toute la scène absente du champ filmique. L'effet de ce dispositif est double. Il abolit d'une part l'angoisse que provoque chez Antoine la séduction maternelle. Avant son entretien, il avait eu avec un jeune délinquant une conversation où ce dernier l'avertissait de ne surtout pas regarder les jambes de la psychologue. Cet interdit sur le corps féminin est littéralement mis en scène par le récit qui élimine purement et simplement celui-ci. Mais cette absence fait aussi de la psychologue un personnage irréel et inaccessible qui prend une valeur mythique. Comme l'image de Paris ou le Rotor, cette scène, qu'on étudiera plus loin en détail, laisse planer sur le film l'ombre d'une représentation maternelle positive qui semble toujours rester vivace dans l'imagination du héros, mais demeure hors de portée.

Antoine et Madame Doinel III : rimes et répétitions

En contraste avec ces images nostalgiques, le film propose aussi au spectateur une seconde lecture fantasmatique qui dénote la profonde ambivalence d'Antoine envers sa vraie mère et en analyse avec précision les composantes. Truffaut obtient cet effet en cultivant un style narratif délibérément fragmenté et elliptique. Certaines scènes semblent n'avoir aucun rapport avec l'intrigue centrale du film et ralentir le récit. On s'aperçoit qu'elles ont en fait pour fonction de **nourrir la veine fantasmatique** et qu'elles forment entre elles un réseau organisé et cohérent. On a déjà analysé le rôle de la leçon de gymnastique dans le récit. L'étude de quatre autres vignettes, qui relèvent elles aussi de cette chaîne signifiante souterraine, illustrera cet aspect essentiel du travail de stylisation. On verra que le dénominateur commun de ces scènes est de représenter une mise en question du personnage de Madame Doinel.

Dans la première, à l'école, la caméra isole ironiquement dans le groupe des écoliers qui recopient le poème du maître un petit élève en difficulté. Incapable d'écrire un mot, il se débat entre un porte-plume, qui crache l'encre et multiplie les taches, et un cahier dont il arrache l'une après l'autre les pages souillées. Il n'en restera finalement rien. Cet épisode renvoie, de façon métonymique, aux propres difficultés d'Antoine avec l'écriture et annonce, au début du récit, son échec. Mais il introduit aussi, de façon métaphorique, les thèmes obsessionnels du désordre, de la saleté et des ordures. Dans cette même séquence, on verra Antoine essayer de nettoyer, sur l'ordre du maître, le mur sur lequel il a inscrit ses vers. Il obtient une bouillie dégoûtante qui macule la peinture et l'instituteur, excédé, finit par lui lancer: "Vous pensez avoir effacé mais non vous avez sali, mon ami." Arrivé chez lui, il couvrira de charbon les rideaux et semblera se trouver dans l'impossibilté, du début à la fin du film, de se laver. C'est également lui qui est officiellement chargé à la maison de la corvée d'ordures. Une scène le montre en train de descendre l'escalier pour aller vider avec répugnance le contenu d'une poubelle gluante dans la boîte à ordures collective.

L'escalier est, dans le système de représentation figurale des films de Truffaut, un motif qui revient de façon régulière. Dans *Les 400 Coups*, on le retrouve onze fois. Associé au thème des ordures dans cette première évocation, il reste dans la plupart des films lié au corps féminin et en particulier aux jambes de femmes. C'est chez Truffaut une des images du désir. Monsieur Doinel fera d'ailleurs admirer les jambes de sa femme à son fils dans les escaliers au retour du cinéma (photo 17).

Une scène permet de rendre compte de la logique fantasmatique qui réunit écriture, souillure et corps féminin dans une chaîne signifiante. Située dans la seconde séquence du récit, on y voit Antoine arriver devant le magasin pour acheter la farine réclamée à grands cris par sa mère. Tandis qu'il fait la queue, deux commères décrivent devant lui de façon détaillée une série d'accouchements difficiles et sanglants. La conversation se termine sur l'évocation d'une hystérectomie: "A la fin, ils lui ont tout enlevé, du sang partout ma petite". Antoine qui écoute, l'air bouleversé et la mine décomposée, semble près de l'évanouissement dans le dernier plan de cette scène (photo 18). Le réseau de répétitions mis en place par ces différentes scènes opère de façon souterraine mais pleinement efficace sur l'imaginaire du spectateur. Contournant la censure du rationnel par son mode indirect de représentation, il évoque par le biais classique des opérations de déplacement et de condensation la profonde angoisse qu'inspire le corps féminin à Antoine. Ce corps représente pour lui un mystère effrayant et suscite des visions de chaos, de saleté et de sang. Entre la scène du petit élève et la conversation des deux commères, les jambes de Madame Doinel ont fait leur apparition dans le récit. Ce sont elles qui, sur le plan fantasmatique, opèrent la soudure entre ces deux vignettes. La malédiction de l'écriture est inséparable de l'exhibitionnisme glacial et agressif de la mère. Mélanie Klein, dans son analyse des désordres épistémologiques chez les adolescents, observe que les problèmes d'apprentissage scolaire prennent souvent leur origine dans l'incapacité où se trouve l'enfant de se représenter l'intérieur du corps féminin et, en particulier, de comprendre ses fonctions spécifiques telles que la conception, la grossesse et l'accouchement. Ces anxiétés devant la différence des sexes étaient déjà programmées par la première image du film où Antoine cherchait à oblitérer d'un trait de plume la féminité de la pin-up. Le récit les reprendra sous des formes multiples. Pendant la nuit dans Paris, il jettera la bouteille de lait volée dans une bouche d'égout. On retrouvera une scène analogue dans *L'Argent de poche* et *L'Homme qui aimait les femmes* où ce sont respectivement une assiette cassée au logis maternel et les lettres d'amour de Madame Morane que les deux jeunes héros font disparaître de la même façon. Ce geste insolite poursuit sur un mode agressif l'interrogation du film sur le féminin en orientant l'imaginaire vers les entrailles de la cité et leur mystère insondable. Dans *Baisers volés,* la célèbre scène où la caméra suit à travers Paris le parcours souterrain d'un pneumatique destiné à Fabienne Tabard témoigne ironiquement de la même curiosité. Dans *Le Dernier Métro*, ce sera l'espace entier du théâtre avec ses couloirs, ses trappes, ses escaliers et sa cave secrète qui se constituera en un vaste corps maternel qu'explorera avec une réticence inquiète Bernard Granger, cet autre frère d'Antoine Doinel.

Mais la scène des deux commères trouve aussi son prolongement dans deux autres épisodes en apparence secondaires du film. Pendant sa nuit au commissariat, Antoine sera réveillé par un bruit de moteur. C'est celui du fourgon cellulaire qui amène trois prostituées qu'on va enfermer dans une cellule voisine de la sienne. Dans un entretien, Truffaut a déclaré avoir délibérément adopté dans cette séquence le style des histoires pour enfants: "Les trois prostituées qui entrent dans le commissariat disent

17

18

quelque chose qui est exactement dans le style des contes de fées. L'une dit: « Moi, j'ai vu un commissariat dans un film, c'était drôlement plus propre. » La suivante: « Moi, j'en ai vu des plus sales. »La troisième: « Ben, moi, des plus gais. » (photo 19) Cette scène rappelle d'abord celle où Madame Doinel regagne tard dans la nuit le domicile conjugal. Le bruit de la voiture qui la ramène réveille aussi Antoine dans son lit. Son père accusera, au cours d'une vive dispute entre les époux, sa femme de coucher avec son patron. Mais l'image des trois prostituées se rapproche aussi visuellement d'une des scènes les plus troublantes du film. Située au Centre, elle montre trois petites filles qu'un homme enferme dans une cage grillagée. La caméra les filme en gros plan, le visage derrière la grille, comme elle détaillait les trois prostituées enfermées dans la cellule du commissariat (photo 20). Ce nouveau réseau associatif reflète dans son ensemble l'énigme que pose Madame Doinel à Antoine. La conversation des commères pose le mystère monstrueux de sa maternité; le bruit de moteur associe sa conduite sexuelle à celle d'une putain; les prostituées au nombre de trois la transforment en fée; les petites filles font d'elle, comme son fils, une enfant prisonnière qui rêve de vagabonder librement dans les rues de Paris avec son amant.

Le récit se présente dans sa totalité comme **une suite d'hypothèses sur ce personnage protéiforme et insaisissable.** Loin de se borner à retracer le sombre itinéraire d'un adolescent vers la délinquance dans le style d'un documentaire réaliste, *Les 400 Coups* épouse le formidable dynamisme de l'imaginaire du héros. Le scénario fantasmatique marque la vigueur d'un enfant que l'histoire réaliste présente comme coincé et désespéré. Comme l'indiquent ces exemples, il n'existe pas une seule scène "neutre" dans le film. C'est, à chaque instant, l'ensemble des conflits du héros que le récit traduit en termes métaphoriques dans un langage simple, universel et rigoureusement articulé. Chaque scène reflète sur un mode associatif et indirect sa lutte pour se dégager de l'emprise d'une mère mortifère et renaître.

Antoine et la mer

Les 400 Coups présente dans sa séquence finale la réalisation d'un vœu. Antoine disait à René lors de sa seconde fugue: "Quand même, je voudrais bien voir la mer, je l'ai jamais vue." Les plans qui clôturent le film exaucent ce souhait. Ils reprennent aussi figuralement et symboliquement le début du film. L'introduction et la conclusion des *400 Coups* s'organisent toutes deux autour d'images de quête et de réunion avec un objet mythique: la tour Eiffel et la mer. Le générique s'inscrit sur une série de plans qui reproduisent le mouvement en travelling circulaire de la caméra autour du monument allégorique de Paris. De façon analogue, à la fin du

19

20

film, un long travelling accompagne l'enfant jusqu'à l'endroit exact de la plage où les vagues touchent le sable. En fait, comme l'explique Truffaut, la scène qui sert de générique devait à l'origine faire partie du film : "Primitivement, il s'agissait d'une scène de "détente" dans le film: les deux écoliers buissonniers décident de visiter la tour Eiffel; ils s'y rendent en taxi mais le chauffeur, un algérien débutant, tourne autour de la tour, sans jamais réussir à la trouver; il s'agissait de tirer des effets comiques de la grandeur variable de la tour selon l'endroit d'où elle est vue, selon les objectifs employés pour la filmer... Mais le film était déjà trop long, les huit semaines étaient écoulées, le ton général était devenu plus triste, les contre-champs sur les gosses en taxi n'étaient pas tournés, on renonça à cette scène et les plans tournés constituèrent le générique[14]." Ce hasard fit bien les choses car le parallélisme entre introduction et conclusion encadre fortement le récit et crée un effet de rime qui renforce sa composante fantasmatique. Film sur la mise à distance et l'exclusion d'un adolescent, *Les 400 Coups* ne reflète plus simplement avec ces images le désir d'Antoine de retrouver le contact avec une figure maternelle mais le réalise. A la fin du générique, après son mouvement impatient autour de la tour Eiffel, la caméra finissait par rejoindre celle-ci qui apparaîssait finalement en gros plan sur l'écran. La rencontre d'Antoine et de la mer reprend cette image d'une réunion. Au paysage urbain de la première séquence répond celui, naturel, de la fin. Antoine, qui longe au terme du film la Seine jusqu'à son embouchure, semble en fait remonter aux sources même de la vie.

Truffaut disait avoir été irrité quand, au moment de la sortie du film, certains critiques, faisant un jeu de mot douteux, avaient vu dans les dernières images du film l'image de retrouvailles avec la mer/mère. Pourtant, il est certain que dans son final mythique, *Les 400 Coups* suggère l'idée d'une naissance. Les poètes ont dit depuis longtemps que le rivage est un corps maternel où l'enfant vient au monde : "On the seashore of endless worlds, children play." (Sur le rivage de mondes sans fin, des enfants jouent). Winnicott cite ce passage d'un poème de Tagore dans *Jeu et réalité* et son commentaire mérite d'être reproduit: "L'image de Tagore m'a toujours intrigué. Adolescent, je n'avais aucune idée de ce qu'elle pouvait bien signifier (...). Devenu bon freudien, je *sus* ce qu'elle

14. *Le Cinéma selon Truffaut*, 1988.

signifiait: la mer et le rivage représentent un coït sans fin entre l'homme et la femme, et l'enfant émergeait de cette union pour un court moment avant de devenir lui-même adulte ou parent. M'étant adonné à une étude du symbolisme inconscient, je *sus*, (on *sait* toujours) que la mer est la mère et que l'enfant vient de naître sur le rivage[15]." En anglais, l'homophonie mer/mère n'existe évidemment pas.

Le long travelling de la fin en temps réel (93 secondes) qui poursuit le mouvement des courses libres avec René le long des rues de Paris et mène Antoine jusqu'à la mer se trouve pourtant brutalement figé par le dernier plan du film. La photo se substitue soudain au cinéma. L'image de naissance se charge soudain d'une profonde ambivalence. C'est en effet toujours une force destructrice qu'évoquent les photos dans les films de Truffaut avec l'arrêt du temps et la suspension du mouvement. *La Chambre verte* illustrera sur un mode grandiose cette association. Dans la dernière image du film Antoine se trouve non seulement aux confins de la terre ferme et de l'océan, mais de la vie et de la mort (photo 21).

21

15. D.W. Winnicott, *op. cit.*, 1975.

Analyse de séquences

« JE n'ai jamais su vraiment ce qu'était un « style », ni le style; la forme d'un film se présente à mon esprit *en même temps* que l'idée du film[1]." Cette remarque de Truffaut, au moment où il préparait *La mariée était en noir,* explique la variété des modes de représentation que reflète son travail. Si on réduit la notion de style à l'ensemble des composantes formelles d'une œuvre (pour le cinéma, découpage des plans, cadrages, mouvements de caméra, etc.), rien de plus divers en effet que la suite de ses récits. Entre *Les 400 Coups* et *Tirez sur le pianiste*, *Jules et Jim* et *La Peau douce* ou *La Nuit américaine* et *L'Histoire d'Adèle H.*, les ruptures stylistiques sont notables. Il existe pourtant une forme de narration qui constitue le trait distinctif de l'œuvre de Truffaut. Les maîtres mots pour la définir sont ceux d'**économie**, de **concentration** et d'**efficacité**.

Dès *Les 400 Coups*, Truffaut est un metteur en scène qui élimine tout effet gratuit, tout plan inutile. Chaque détail vient nourrir l'imaginaire du film et se révèle à l'examen rigoureusement cohérent par rapport à sa ligne directrice. On va étudier deux scènes des *400 Coups* qui tranchent sur le reste de la narration et introduisent une dissonance dans l'organisation visuelle du film. La première, celle du commissariat, est presque muette ; la seconde, celle de l'entretien avec la psychologue, dominée par la parole. Toutes deux sont traitées avec une originalité qui reflète l'esprit d'innovation propre à la Nouvelle vague. Mais on verra que ces effets n'ont rien de gratuit et sont strictement dictés par la logique interne du récit.

1. Anne Gillain, *Le Cinéma selon Truffaut*, éd. Flammarion, 1988.

SÉQUENCE 14: L'EXCLUSION SOCIALE D'ANTOINE

La séquence du commissariat marque un tournant décisif dans le film avec l'entrée du héros dans l'univers carcéral. A la fois séparé de son milieu familial et de la société, il est officiellement mis à l'écart du monde normal. Cette séquence débute par une conversation entre le commissaire et Monsieur Doinel où ce dernier déclare ne plus pouvoir assumer la garde de l'enfant. On emmène Antoine, sans même que son père lui dise au revoir, pour enregistrer sa déposition. C'est à ce moment-là qu'on prendra l'analyse de ce segment composé de vingt plans.

Découpage de la séquence

Plan 1

Plan moyen du petit bureau de l'adjoint qui tape la déposition d'Antoine. L'adjoint est de face et Antoine de profil (photo 22).

L'ADJOINT. — Personne t'a vu entrer dans l'immeuble?
ANTOINE. — Non.
L'ADJOINT. — Bon. *(Il tape)* Ce même jour déclare avoir pénétré subrepticement...

22

Plan 2

Plan moyen de Monsieur Doinel qui descend l'escalier du commissariat en remettant son foulard. Il a l'air sombre et songeur.

Plan 3

Reprend le plan 1.

L'ADJOINT *(qui tape toujours).* — ... une machine à écrire. Bon.

Plan 4

Même scène mais cadré d'un peu plus près et derrière Antoine. L'adjoint retire la feuille de la machine et la tend à l'enfant.

L'ADJOINT. — Tiens, signe ici. (*Appelant un agent de police pendant qu'Antoine s'exécute)* Oh Charles!

L'AGENT DE POLICE (hors champ.) — Chef!

L'ADJOINT. — Vas—y, il est à toi maintenant.

L'AGENT *(entrant dans le champ et mettant la main sur l'épaule d'Antoine.)* — Allez, viens.

Antoine se lève. L'agent le saisit dans le dos par son blouson et le pousse devant lui. Ils avancent de face précédés en travelling avant par la caméra.

L'AGENT *(ouvrant une porte.)* — Par là.

Plan 5

L'agent et Antoine descendent l'escalier en plan moyen comme Monsieur Doinel dans le plan 2. Au pied de l'escalier l'agent rencontre un collègue.

PREMIER AGENT *(au second).* — Je te le passe parce que, moi, je rentre.

LE SECOND AGENT. — D'accord.

Plan 6

Plan éloigné d'un couloir sombre au bout duquel arrive le second agent qui a la main posée sur l'épaule d'Antoine. Ils avancent jusqu'à une porte vitrée derrière laquelle se trouvait la caméra, l'ouvrent et pénètrent dans la salle du commissariat. Léger panoramique vers la droite pour découvrir une cage grillagée où un homme est enfermé. L'agent se tourne pour ouvrir la porte de la cage avec sa clé et y faire entrer Antoine. Tous deux sont maintenant de dos.

Plan 7

Reprise des deux en plan moyen et de profil. Antoine avan-

ce dans la cage. Panoramique vers la droite filmé à travers le grillage pour le suivre dans la cellule. L'homme se lève du banc où il était allongé pour laisser de la place à Antoine.

L'HOMME *(à Antoine qui va s'asseoir près de lui).* — Viens là. Qu'est-ce que tu as fait?

ANTOINE. — Je me suis tiré de chez moi. Et vous?

L'HOMME *(avec un geste désabusé).* — Oh moi!

La caméra s'éloigne progressivement pour révéler sur la gauche un agent qui prend un seau de charbon sur un monte-charge tandis qu'un autre travaille à son bureau. (Fondu enchaîné)

Plan 8

Gros plan des mains de deux agents (l'un d'eux est joué par Jacques Demy) qui sont absorbés par une partie de petits chevaux. Panoramique vers la droite: un autre agent lit le journal. Le panoramique continue sur le monte-charge qui remonte vide puis vers la cage. Derrière le grillage, on voit l'homme, qui est assis sur le banc et assoupi. La caméra se rapproche et on aperçoit, couché sur un autre banc, Antoine endormi. Bruits de moteur.

UN AGENT *(hors-champ).* — Tiens, voilà les chéries.

Antoine ouvre les yeux.

Plan 9

Plan moyen. Les trois prostituées avancent, filmées de dos et suivies d'un agent, vers la cage. Elles y entrent

PREMIÈRE PROSTITUÉE *(en s'asseyant).* — Moi, j'ai vu un commissariat dans un film, c'était drôlement plus propre. *(Musique)*

DEUXIÈME PROSTITUÉE. — Moi, j'en ai vu un plus sale.

TROISIÈME PROSTITUÉE. — Ben moi, des plus gais.

On fait sortir Antoine de la cage. Panoramique vers la gauche pour le suivre vers une autre cellule plus petite où le conduit un agent (photo 23).

L'AGENT *(poussant Antoine).* — Avance.

Il referme la porte.

Plan 10

Panoramique vers la droite filmé derrière une double grille. On aperçoit l'homme puis les trois prostituées. La caméra passe sur le mur où s'étale une affiche sur la dératisation, puis derrière le dos d'un agent à son bureau pour finir en gros plan sur le jeu de petits chevaux.(La musique s'arrête)

Plan 11

Plan rapproché d'Antoine, avec léger travelling arrière. Assis dans sa cellule, il est filmé à travers le grillage. Il semble avoir froid et relève le col roulé de son pull over sur sa bouche puis croise les bras (photo 24). Bruits de moteur.

23

24

Plan 12

Plan moyen de deux agents qui se lèvent.

UN DES AGENTS (Jacques Demy). — Le carrosse est avancé.

Ils prennent leur mitraillette qu'ils passent sur leur épaule et celui qui a parlé va vers la droite suivi en panoramique pour faire sortir Antoine de sa cage.

Le mouvement de caméra se poursuit pour cadrer un autre agent qui va vers la grande cage et libère les trois femmes et l'homme. Les prostituées passent en gros plan devant la caméra, Antoine suit par derrière.
UN AGENT (*Jacques Demy à Antoine*). — Enfile ton blouson.
Antoine s'exécute et passe à son tour en gros plan devant la caméra.

Plan 13
Plan éloigné en extérieur. Le groupe monte dans le fourgon cellulaire rangé au bord du trottoir(photo 25). Un agent ferme la porte, dont le haut est garni d'une fenêtre à barreaux, derrière eux. Antoine est le dernier. (Musique) La voiture démarre.

25

Plan 14
Plan de l'asphalte humide de la chaussée dans la nuit filmé de l'intérieur du fourgon en mouvement.

Plan 15
Visage en gros plan d'Antoine derrière les barreaux qu'il tient dans ses mains. Il regarde la rue.

Plan 16
Rues illuminées filmées du fourgon. Le visage d'Antoine qui regarde est en amorce sur la gauche.

Plan 17
Le fourgon filmé d'une caméra fixe sur le trottoir passe dans la rue.

Plan 18
Reprise du plan 15

Plan 19
Reprise du plan 16. On aperçoit les affiches en néons des cabarets de Pigalle: « Les nus les plus osés du monde », Narcisse.

Plan 20
Reprise du plan 15
La caméra se rapproche encore du visage d'Antoine et on voit briller des larmes sur ses joues. (Fondu enchaîné)

Commentaire

Truffaut disait en 1981 que cette scène lui avait posé au tournage des problèmes particuliers: "Quand je suis arrivé, dans *Les 400 Coups*, à cette scène au commissariat, je n'avais pas du tout d'expérience de cinéaste et je me suis dit que ce commissariat de police allait être minable, allait ressembler aux films français avec les flics qui ont le képi de travers. En général, on les voit jouer aux cartes ... Tout cela m'embêtait. Alors, j'ai recouru volontairement à des références enfantines et cela a donné un traitement entièrement féerique. J'ai tourné cette scène dans une boutique où se trouvait un monte-charge destiné à monter des sacs de charbon et j'ai joué avec. Dans un panoramique on voit le monte charge qui monte et qui descend sans raison. Ensuite, pour les flics, au lieu de les faire jouer à la belote, je les ai fait jouer à un jeu dérisoire, les petits chevaux, un jeu d'enfants. Puis, j'ai demandé à Jacques Demy de venir jouer un flic parce qu'il a le physique du canari de Tom et Jerry. Il y a même un moment qui est énorme, l'arrivée des trois prostituées. (...) J'adoptais des solutions de contes de fées (...) pour ne pas tomber dans le sordide du cinéma français lorsqu'on veut reconstituer un truc minable[2]."

Ces remarques ne surprennent pas de la part d'un auteur qui disait en 1967: "Quand j'ai une difficulté littéraire, une comparaison à établir, une citation à faire, je me tourne vers Grimm, Perrault, La Fontaine." Mais ce travail de stylisation destiné à lutter

2. *Le Cinéma selon Truffaut*, 1988.

contre les poncifs d'un cinéma sclérosé et à créer un effet de surprise permet aussi à Truffaut de reprendre dans cet épisode clé les grandes lignes du récit, de les rassembler et de les concentrer en quelques instants avec une remarquable économie de moyens. Cela est si vrai que le **plan 11** d'Antoine, filmé derrière le grillage de sa cellule, le col roulé de son pull-over relevé sur la bouche et les bras croisés, est devenu, avec le dernier plan du film devant la mer, l'une des images emblématiques du film que reprendront de nombreuses affiches.

On peut diviser cette séquence en deux parties: la première des **plans 1** à **12** en intérieur et presque entièrement silencieuse; la seconde du **plan 13** à **20** en extérieurs avec l'intervention d'une musique de fond.

Plans 1 à 12 : un espace oscillatoire

Le premier plan, celui de la "déposition" d'Antoine, marque en fait l'entrée du héros dans le silence. Sa déclaration à l'adjoint se réduira à un "non" vite murmuré. Dépossédé de la parole par l'officiel qui raconte le vol à sa place à la première personne, l'enfant est gommé du monde des échanges. Privé de son seul interlocuteur, René, il ne dira plus rien et à partir de ce moment, exception faite pour l'entretien avec la psychologue, la bande-son sera à peu près vide de mots. Dans cette scène une machine à écrire siège au premier plan, ombre de l'objet du délit. Au moment où Antoine signe sa déposition (**plan 4**), l'angle de prise de vue, assez neutre et conventionnel jusque-là, change brusquement et la caméra vient se placer derrière l'enfant. Ce plan reprend, par son cadrage identique, celui où Antoine dessinait des moustaches à la pin-up. Cette rime visuelle établit un rapport entre le début du processus d'exclusion et son aboutissement. La disproportion entre la faute et le châtiment, ainsi que la malédiction de l'écriture, se trouvent une fois de plus soulignées.

Durant la déposition, un insert montre Monsieur Doinel descendant le même escalier qu'Antoine empruntera au **plan 4** avec un agent. Cette nouvelle rime rappelle le plan du début où père et fils se rencontraient dans l'escalier de l'immeuble familial qu'ils montaient ensemble en riant. Dans cette triple répétition s'inscrit la rupture de leurs relations. Monsieur Doinel vient de faire une "demande en correction paternelle". Son incompétence est désormais officielle.

On verra tout au long de cette séquence Antoine passer de main en main comme un objet encombrant dont chaque agent se débarrasse successivement, rejouant sur un mode mineur l'abandon symbolique de Monsieur Doinel. Il est "en trop" comme il l'a toujours été pour sa mère qui ne voulait même pas le voir naître.

Pourtant tous ces indices signifiant de la fatalité à laquelle est soumis le héros et le caractère désespérant de l'expérience qu'il vit vont se trouver sinon abolis du moins atténués dans la suite de cet épisode. La séquence du commissariat, qui est thématiquement l'une des plus pénibles du film, laisse une impression étrange de calme, de silence et de sollicitude. Antoine y semble moins vulnérable que lorsqu'il descendait la poubelle. Cet effet est largement dû au traitement visuel de l'épisode. A partir du moment où Antoine quitte le petit bureau de l'adjoint et jusqu'à la fin de la séquence, on n'aura plus un seul plan fixe. La séquence du commissariat contraste ainsi fortement avec toutes les scènes en intérieur que caractérisent de gros plans immobiles et de nombreux champs/contrechamps dans les instants de dialogues. Ici les plans moyens dominent mais on note surtout une remarquable mobilité de la caméra. Il n'y aura pas de plan d'ensemble du commissariat mais des morceaux révélés par de lents panoramiques fluides et continus. Du **plan 7** à **10**, c'est en fait un véritable motif géométrique que dessinent les mouvements de la caméra dans l'espace. Au **plan 7**, un panoramique gauche va de la cage où est enfermé Antoine au monte-charge; au **plan 8**, un panoramique droite part du jeu de petits chevaux à la cage où dort l'adolescent; au **plan 9**, on suit avec un panoramique gauche le changement de cellule d'Antoine et au **plan 10** un nouveau panoramique vers la droite épouse la trajectoire de son regard qui va des prostituées au jeu de petits chevaux. Ces oscillations régulières, où la caméra épouse le mouvement d'un balancier d'horloge, apaisent, bercent, rassurent. L'espace du commissariat n'est pas un espace menaçant. Ce travail visuel renforce la volonté du metteur en scène d'arracher au sordide cette scène. Le mouvement gratuit du monte-charge ajoute un autre élément dynamique à l'image qui n'est pas sans évoquer la mobilité des arrière-fonds dans les plans de Renoir. Nous sommes en prison et pourtant tout vibre et s'anime. La force pétrifiante à l'œuvre dans les scènes d'intérieur est abolie. Ce n'est pas la vivacité des courses dans Paris mais leur liberté trouve un écho lointain dans cet espace animé et féerique. Un autre détail confirme la dimension discrètement ludique de cet instant : le jeu enfantin des policiers, sur lequel revient deux fois en gros plan la caméra.

Cette séquence, qui représente sans doute l'épisode le plus lamentable de l'exclusion sociale d'Antoine, se trouve allégée par l'intervention de cette activité transitionnelle. Avec le jeu, l'espoir semble renaître au cœur même de ce lieu carcéral puissamment connoté par grilles et barreaux. Le caractère étrangement réconfortant de cette séquence n'est pas simplement lié à la stylisation qui rappelle les contes d'enfants — et épouse par conséquent l'imaginaire du héros en le valorisant — mais aussi à des allusions au cinéma. Les "prostituées fées"parlent elles-mêmes de film ("Moi, j'ai vu un commissariat dans un film") et Jacques Demy a sans doute un visage naïf et innocent mais c'est aussi un metteur en scène. C'est lui qui dira à Antoine de mettre son blouson pour se protéger du froid. Le cinéma est ici du côté d'Antoine. Comme dans le Rotor, il le prend en charge.

C'est ce que vient souligner le **plan 11** qui suit les quatre plans oscillatoires. Le dernier d'entre eux, le **plan 10**, était, on l'a noté, un plan subjectif puisqu'on y voit les prostituées derrière un double grillage : celui de leur cage et celui de la cage d'Antoine. La caméra était entrée dans sa cellule. Le **plan 11** confirme sans équivoque la maîtrise du regard d'Antoine sur le champ filmique. Cette image n'est pas fixe non plus puisqu'elle comporte un léger travelling arrière mais c'est essentiellement un gros plan du visage du héros qui regarde avec assurance devant lui. Antoine n'est plus cet enfant au regard baissé et à l'air traqué qui tremblait devant les adultes. Il assume désormais pleinement, comme dans le dernier plan du film qui se trouve ainsi programmé dans cette scène, son destin.

Plans 13 à 20 : dialogue muet et musique

Les plans en extérieurs manifestent la même mobilité que les plans du commissariat mais sous une forme différente. Ce n'est plus la caméra qui bouge mais son support. Filmée du fourgon en mouvement (à l'exception du **plan 17** qui suit le passage rapide de la voiture dans les rues sombres), cette scène est une suite de champs/contre-champs entre Paris et le visage d'Antoine. Dans ce dialogue muet s'exprime l'amour de l'enfant pour la ville qu'il quitte. Cette dernière nuit de Paris porte en elle le souvenir du lait volé mais aussi de la soirée heureuse au cinéma où Antoine filait aussi dans un véhicule en mouvement à travers les rues illuminées. Plastiquement cette scène est très belle avec ses contrastes d'ombre et de lumière. La ville brille de tous ses néons et son pavé humide reflète ces scintillements. Paris chatoie sous le regard d'Antoine. Les larmes qui brilleront sur ses joues dans le dernier plan poursuivront le motif de ces reflets sur les rues nocturnes lavées de pluie. Il faut ici dire un mot du choix du cinémascope pour le film. Truffaut l'expliquait ainsi: "J'ai obtenu grâce à lui un effet qui m'était indispensable. Le décor de mon film est triste et crasseux et je craignais de donner un climat désagréable. Grâce au scope, j'ai obtenu un effet de stylisation[3]." Cette stylisation va une fois de plus dans le sens d'un allègement des contraintes du réel et, par conséquent, d'une harmonie avec la vision d'un enfant sain, vigoureux et imaginatif. La beauté même des images vient contredire le drame réaliste que semble retracer le film.

L'adieu d'Antoine à Paris est accompagné d'un fond musical. La musique intervenait déjà, mais très rapidement, pendant les répliques trinaires des prostituées. Truffaut en fait dans le film un usage prudent et ponctuel. Il n'était d'ailleurs pas satisfait de la partition de Jean Constantin, un auteur de chansons très connu à l'époque: "Quand je revois le film, j'entends toutes les fausses notes, tous les contresens, c'est une musique désinvolte et bâclée qui souvent abîme l'image[4]." A partir du film suivant, *Tirez sur le pianiste*, il travaillera avec Georges Delerue qui deviendra son musicien favori. Il est difficile d'imaginer le film avec une autre musique que celle qui l'accompagne mais on peut se demander si Truffaut n'est pas injuste envers Jean Constantin. La partition musicale n'est ni brillante, ni inventive mais on la retient. Elle se compose essentiellement d'un air sautillant qui ponctue les jeux dans Paris et d'une scie mélancolique qui accompagne, entre autres, le générique, la nuit dans Paris, le final et la scène du fourgon. Ces deux thèmes s'opposent comme le bonheur dans l'instant et la quête nostalgique d'un objet perdu. Le grand succès des *400 Coups* est peut être aussi lié à ces airs de facture populaire, très simples et répétitifs, qui donnent au film un caractère rassurant et familier.

---

3. *Le Cinéma selon Truffaut*, 1988.
4. *Op. cit.*, 1988

L'utilisation de la musique dans cette scène rapproche cet épisode des moments forts du film. Elle le "déréalise" — c'est aussi sa fonction à l'arrivée des prostituées — et le met, comme on l'a vu, au service de la veine fantasmatique du film puisque Paris nocturne, comme la tour Eiffel ou la mer, n'est qu'un grand corps mythique de femme. On finira sur un point de détail significatif : lorsque Antoine monte dans le fourgon, ce sont des personnages masculins qui s'installent près de lui (l'homme et un agent), pourtant dans la suite des champs/contre-champs, on aperçoit derrière le visage en gros plan de l'enfant les silhouettes des prostituées. C'est peut être une simple erreur de raccord, mais il semble logique que durant son dialogue avec Paris, Antoine soit encadré de figures féminines.

Ce passage appelle une dernière remarque. On trouvera son exacte contrepartie dans *L'Argent de poche* avec l'arrestation des deux marâtres, la mère et la grand-mère qui maltraitaient Julien Leclou, l'enfant martyr. Film réparateur, *L'Argent de poche* montre le châtiment des adultes coupables — au féminin bien entendu — et la libération de l'adolescent innocent. Cette scène est elle aussi traitée sur un mode qui brise la ligne visuelle du film. Filmée dans un style documentaire avec une caméra tenue à la main, elle présente les deux femmes emmenées vers le fourgon cellulaire par la police dans une série de plans tremblés qui contrastent avec le reste du récit très poli, stylisé et irréel. L'expérience de l'incarcération demeure chez Truffaut un instant de grande émotion qui appelle un travail visuel hors de la norme.

Séquence 17 : la prise de parole d'Antoine

Cette séquence est sans doute la plus mémorable du film. Dès sa sortie, elle fut remarquée par tous les critiques. On peut d'abord souligner que c'est celle qui se trouve le plus fortement marquée par le style de la nouvelle vague. Elle exclut à la fois, du point de vue de la fiction, tout principe de représentation traditionnel et se rapproche du pur documentaire. L'interview, improvisée sans script préalable, deviendra une des formes privilégiées du cinéma de cette époque et Godard, en particulier, en fera un des chevaux de bataille de son style iconoclaste. Il l'utilise de façon particulièrement brillante dans *Masculin Féminin*. Pourtant cette technique est, dans *Les 400 Coups*, le fruit du hasard comme l'explique Truffaut: "Primitivement, cette scène était conçue d'une manière classique avec les tests normaux, taches d'encre, etc., que l'on présente dans ces cas-là. (...) Sur ce, impossible de trouver l'actrice qui interprète le rôle de la psychologue. Je voulais un visage inconnu et j'avais des idées précises sur ce personnage. En décrivant aux gens cette femme (...), je me suis aperçu qu'inconsciemment, je faisais le portrait d'Annette Wademant. Malheureusement elle n'était pas à Paris et nous avons décidé de tourner les plans avec l'enfant, en nous réservant de tourner les contre-champs plus tard. Nous n'avions aucun texte d'écrit, rien répété avant le tournage. J'avais seulement un peu discuté avec Jean-Pierre et lui avais vaguement indiqué quel serait le sens de mes questions. Je lui ai laissé toute liberté pour répondre, car je voulais son vocabulaire, ses hésitations, sa spontanéité totale. (...) Pour le tournage, j'avais fait sortir absolument tout le monde et il ne restait sur le plateau que Jean-Pierre, l'opérateur Decae et moi. Quand nous avons vu les rushes, c'est Decae lui-même qui m'a dit: « Ce serait de la folie de tourner les contrechamps. Il faut laisser cela comme ça.» C'est ce que nous avons fait, sauf que nous avions tourné vingt minutes et que nous n'en avons conservé que trois dans le film[5]." En fait, Annette Wademant n'était pas absente mais enceinte, et il avait paru impossible à Truffaut de lui faire tourner la scène dans cet état. D'un point de vue réaliste, ce parti pris est injustifié puisqu'on peut être psychologue et enceinte, mais il est probable que la collusion des signifiants féminins et maternels qu'impliquait sur le plan fantasmatique cette représentation a dû paraître trop forte à Truffaut. La veine souterraine doit, pour fonctionner, rester discrète et travailler de façon indirecte sur l'imaginaire du spectateur.

Découpage de la séquence

Plan 1

(Antoine est dans tout ce segment assis face à la caméra, une table devant lui, sur fond neutre sans aucun objet. Son visage est mobile et ouvert, souvent souriant et ses mains sans cesse en mouvement).

LA PSYCHOLOGUE. — Pourquoi as-tu rapporté la machine?

ANTOINE. — Oh ! ben, parce que, comme je pouvais pas la

5. *Le Cinéma selon Truffaut*, 1988.

revendre, comme je pouvais rien en faire, moi, j'ai eu peur, je sais pas, je l'ai rapportée, je sais pas pourquoi, comme ça.
LA PSYCHOLOGUE. — Dis-moi, il paraît que tu as volé dix mille francs à ta grand-mère.
(Fondu enchaîné)

Plan 2
ANTOINE. — Elle m'avait invité, c'était le jour de son anniversaire, et puis alors, comme elle est vieille, elle mange pas beaucoup, et puis elle garde tout son argent, elle en aurait pas eu besoin, elle allait bientôt mourir. Alors, comme je connaissais sa planque, j'ai été lui faucher ... des ronds quoi. Je savais bien qu'elle s'en apercevrait pas, la preuve c'est qu'elle s'en est pas aperçu. Elle m'avait offert un beau bouquin ce jour-là. Alors ma mère, elle avait l'habitude de fouiller dans mes poches, et le soir j'avais mis mon pantalon sur mon lit et elle est sans doute venue, elle a fauché les ronds parce que le lendemain, je les ai plus retrouvés, et puis elle m'en a parlé, alors j'ai bien été obligé d'avouer que je les avais pris à ma grand-mère. A ce moment-là elle m'a confisqué le beau livre que ma grand-mère m'avait donné. Puis un jour, j'ai demandé parce que je voulais le lire, et puis je me suis aperçu qu'elle l'avait revendu.
(Fondu enchaîné)

Plan 3
LA PSYCHOLOGUE. — Tes parents disent que tu mens tout le temps.
ANTOINE. — Ben, je mens, je mens, de temps en temps quoi, des fois, ils..., je leur dirais des choses qui seraient la vérité, ils ne me croiraient pas, alors je préfère dire des mensonges.
(Fondu enchaîné)

Plan 4
LA PSYCHOLOGUE. — Pourquoi n'aimes-tu pas ta mère?
ANTOINE *(Bruits extérieurs: un moniteur scande la marche des enfants)*. — Ben ! parce d'abord, j'ai été en nourrice et puis quand ils ont plus eu d'argent, ils m'ont mis chez ma grand-mère. Ma grand-mère, elle a vieilli tout ça, elle pouvait plus me garder. Puis je suis venu chez mes parents à ce moment-là, j'avais déjà huit ans et tout,et puis je me suis aperçu que ma mère, elle m'aimait pas tellement, elle me

disputait toujours, et puis pour rien, des petites affaires insignifiantes. Alors aussi j'ai entendu, quand il y avait des scènes à la maison , j'ai entendu que... que... ma mère...elle m'avait eu quand elle était... quand elle était ... elle m'avait eu fille-mère quoi !. Et puis avec ma grand-mère aussi, elle s'est disputée une fois, et c'est là que j'ai su qu'elle avait voulu me faire avorter, et puis si je suis né, c'était grâce à ma grand-mère.
(Fondu enchaîné)

Plan 5

LA PSYCHOLOGUE. —As-tu déjà couché avec une fille?
ANTOINE. — *(Regard amusé d'Antoine qui sourit sans la moindre gêne)* Non, non, jamais, mais enfin je connais des copains qui sont allés ; alors ils m'avaient dit: "Si t'as vachement envie, t'as qu'à aller rue Saint-Denis, là, y a des filles." Alors, moi j'y suis allé et puis ... j'ai demandé à des filles, et je me suis fait vachement engueuler, alors, j'ai eu la trouille et puis je suis parti. Puis je suis revenu encore plusieurs fois. Puis alors, comme j'attendais dans la rue, il y a un type qui m'a remarqué. Il a dit: "Qu'est-ce que tu fous là?" C'était un Nord-Africain. Alors, je lui ai expliqué, alors il m'a dit... il connaissait sans doute des filles parce qu'il m'a dit: "Moi, j'en connais une qui va... , une jeune, quoi, qui va avec les jeunes gens, tout ça." Il m'a emmené à l'hôtel où elle était et puis justement ce jour-là elle y était pas, alors, on a attendu une heure, deux heures, puis comme elle venait pas, moi je me suis tiré.
(Fondu enchaîné)

Commentaire

Rivette, dans sa critique des *400 Coups*, écrit: "Tout le film monte vers cet instant, et se dépouille peu à peu du temps pour rejoindre la durée[6]." Les fondus enchaînés qui cimentent entre eux les moments de l'entretien marquent en effet la **continuité d'une temporalité fluide,** sans rupture qui contraste avec la dichotomie que reflète le reste du récit: temps saturnien de l'engrenage, instants ludiques des courses dans Paris. Cette ponctuation attire l'attention sur l'écoulement temporel mais

6. *Cahiers du cinéma*, n° 95, mai 1959.

pour marquer son déroulement harmonieux. On quitte le registre phénoménal du paraître pour entrer dans celui de l'être. On passe du dehors au dedans. Si cette scène est remarquable, c'est d'abord parce qu'elle **inverse tous les codes de représentation mis en place par le récit.** Enfant sans moyen d'expression, privé de langage, Antoine prend brusquement la parole. A son silence, particulièrement accablant dans cette seconde moitié du film, succède un feu d'artifice verbal qui marque l'extraordinaire vitalité de l'enfant. Renfermé, sournois et faussement soumis ailleurs, il déborde soudain d'aperçus sur sa situation et de lucidité. La faille qui y prévalait entre adultes et enfant s'y trouve du même coup abolie et la distance entre masculin et féminin comblée. La sincérité, la confiance et le sens d'une proximité chaleureuse remplacent la tension qui prévaut ailleurs. Filmé en plans fixes, Antoine n'est cependant plus écrasé, pétrifié, mort. L'engrenage est rompu.

Rivette parle aussi à propos de cette séquence de “jubilation mozartienne”. Le langage prend en effet ici un tour musical. Il coule de façon irrépressible et allègre. Il y a dans ce passage un véritable bonheur de la parole, une joie à s'exprimer et à traduire l'expérience en mots. Le pouvoir d'invention du langage parlé, son élan, sa vérité, sa spontanéité éclatent dans chaque phrase. Antoine devient conteur, narrateur de sa propre histoire. Il campe les personnages, raconte des anecdotes, libère son roman familial. Dans ce texte improvisé, mais découpé par Truffaut, on retrouve la filière fantasmatique du film: vol et mensonge prennent leur origine dans le désir mortifère de la mère envers l'enfant qu'elle portait; ce dernier sera voué à la recherche d'un féminin inaccessible (comme la jeune prostituée) qu'il attendra toujours en vain. C'est le seul passage du film où la sexualité d'Antoine se trouve explicitement évoquée. Il se révèle devant cette réalité curieux, inquiet et obstiné. C'est sur l'évocation de son désir déçu que se termine la conversation. L'œuvre entière de Truffaut développera ce thème.

Cette scène est encore plus frappante si on la compare au dernier dialogue d'Antoine et de sa mère au Centre. Filmé en champ/contre-champ, il présente, comme l'entretien avec la psychologue, Antoine de face sur fond noir. Mais la femme n'y est que trop présente. Elle remplit l'espace des contre-champs et ce passage contient le plus gros plan du film : les yeux et le chapeau de Madame Doinel, gigantesques en cinémascope, écrasent l'enfant tandis que sa voix l'étourdit d'un flot ininterrompu de menaces et d'accusations. Antoine, la mine défaite et apeurée, bredouille avec peine quelques paroles pour se disculper. La question que le film laisse en suspens est celle de l'issue du combat entre ces deux visages du héros, vif et volubile ou muet et terrorisé. La dernière scène du film suggère, on l'a vu, une ambivalence du même ordre.

Comme la scène du Rotor, l'entretien avec la psychologue commence de façon abrupte, sans transition. Comme elle aussi, il évoque le cinéma. L'interlocuteur d'Antoine dans cette scène sans contre-champ est, qu'il le veuille ou non, le spectateur. Truffaut brise en effet la loi sacrée du film de fiction de l'hétérogénéité des espaces. Dans le cinéma classique, le regard des acteurs ne doit jamais croiser celui du spectateur qui conserve ainsi sa position privilégiée de voyeur protégé par l'ombre. Le regard d'Antoine vers la caméra brise l'illusion de la fiction. Il **fait du spectateur l'interlocuteur de l'enfant**. C'est lui, et donc le cinéma, qui recueille ses paroles et lui donne vie. Se substituant à une femme absente et inaccessible, le cinéma est le lieu d'un dialogue et d'une métamorphose. Comme l'écrit Jean Collet : “Le film est le substitut de la mère : il inscrit l'identité de l'enfant” (*Le Cinéma de François Truffaut*).

Les récits de Truffaut se prêtent tous à une double lecture: l'une horizontale, linéaire, réaliste ; l'autre verticale, atemporelle, fantasmatique. Poser le problème de la synchronisation de ces deux lectures, c'est poser le problème du style. Chaque image, scène ou séquence doit à la fois respecter les règles de la logique consciente et nourrir la veine onirique du film. Le but du récit n'est pas de communiquer une information mais de susciter chez le spectateur une activité inconsciente. Les films, comme toute œuvre d'imagination, reposent sur un fantasme qui s'élabore à partir de l'un des tabous de la culture. Chez Truffaut, il s'agit toujours de ce que Laplanche et Pontalis appellent des “fantasmes originaires”, c'est-à-dire de fantasmes inhérents au développement et à la maturation de tout être humain. On a vu que ces deux séquences marquent, chacune sur un mode différent, la volonté d'Antoine de retrouver le contact avec un objet maternel perdu. Elles illustrent aussi, sur le plan narratif, deux des modes d'expression privilégiés de Truffaut.

Le récit est souvent construit chez lui sur un décalage entre la bande-son et la bande-image. La première solution consiste à montrer sans dire — c'est la solution à la Hitchcock —, c'est-à-dire donner la primauté à l'image comme dans la scène du commissariat, ou encore celle du petit élève malpropre ou des fillettes en cage. Ces passages silencieux sont en général parmi les plus énigmatiques des films mais aussi les plus forts car porteurs d'une très forte charge fantasmatique. La seconde solution consiste, elle, à dire sans montrer et donc à décrire ou définir en donnant la maîtrise du récit au langage. La scène avec la psychologue en est certainement un exemple classique mais on retrouve cette solution dans le goût des héros de Truffaut pour les récits. Ses films contiennent de nombreux passages où, au lieu de filmer une scène, on la raconte. Ce procédé est particulièrement fréquent dans *Jules et Jim* et *Les Deux Anglaises* mais se retrouve aussi souvent dans la série des Doinel. La parole joue alors le rôle de médiateur. Elle suggère des scènes tout en les ordonnant. Dans son entretien, Antoine tient en fait le rôle du psychologue. Objet de son discours, il devient sujet de son destin et dénoue les fils de la fatalité psychique qu'il paraissait jusque-là subir sans recul. La troisième solution n'apparaît pas dans *Les 400 Coups* ; elle était pourtant déjà présente dans *Les Mistons* et deviendra un des moyens d'expression favori du cinéaste dès son second film *Tirez sur le pianiste*. Il s'agit de dire en montrant mais en créant une contradiction, ou du moins une tension, entre l'image et la parole. C'est la technique de la voix *off*. Elle met à distance le récit, brise souvent le lyrisme des images mais permet aussi au héros de se libérer de la force brute du fantasme que dégage le film. *L'Homme qui aimait les femmes* est à cet égard exemplaire.

L'évolution stylistique de Truffaut consistera à privilégier au fur et à mesure qu'il avance dans son œuvre le dire sur le dit, c'est-à-dire la narration sur l'histoire. A cet égard *Les 400 Coups* se situe encore sur le versant balzacien du récit tandis que *L'Homme qui aimait les femmes* passe lui du côté proustien. Dans son dernier film, *Vivement Dimanche!*, le cinéaste renonce même complètement à dévider le fil d'une intrigue pour étourdir le spectateur d'une suite brillante d'inventions narratives. Avec *Les 400*

Coups, Truffaut avait su traduire les données de son destin individuel dans un langage universel et structurer ses souvenirs personnels en constructions mythiques. Ses films reprendront l'un après l'autre le scénario de ce récit fondateur pour en jouer, dans tous les styles, les variations avec un brio magistral.

REGARDS CRITIQUES

« *Les 400 coups* n'est pas autobiographique »

« Contrairement à ce qui a été souvent publié dans la presse depuis le Festival de Cannes, *Les 400 coups* n'est pas un film autobiographique. On ne fait pas un film tout seul et si je n'avais voulu que mettre en images mon adolescence, je n'aurais pas demandé à Marcel Moussy de venir collaborer au scénario et de rédiger les dialogues. Si le jeune Antoine Doinel ressemble parfois à l'adolescent turbulent que je fus, ses parents ne ressemblent absolument pas aux miens qui furent excellents mais beaucoup, par contre, aux familles qui s'affrontaient dans les émissions de TV « *Si c'était vous ?* », que Marcel Moussy écrivait pour Marcel Bluwal. Ce n'est pas seulement l'écrivain de télévision que j'admirais en Marcel Moussy, mais aussi le romancier de *Sang chaud*, qui est l'histoire d'un petit garçon algérien (...).

Dans son livre sur les problèmes sexuels de l'adolescence, Maryse Choisy raconte la curieuse expérience tentée par l'empereur Frédéric II. Il se demandait dans quelle langue s'exprimeraient des enfants qui n'auraient jamais entendu prononcer une parole. Serait-ce le latin, le grec, l'hébreu ? Il confia un certain nombre de nouveau-nés à des nourrices chargées de les nourrir et de les baigner ; il interdit rigoureusement qu'on leur parlât ou les caressât. Or tous les enfants moururent en bas âge : *« Ils ne pouvaient pas vivre sans les encouragements, les mines et les attitudes amicales, sans les caresses de leurs nurses et de leurs nourrices ; c'est pourquoi on appelle magie nourricière les chansons que chante la femme en berçant l'enfant. »*

C'est à l'expérience de l'empereur Frédéric que nous avons pensé en écrivant le scénario des *400 coups*. Nous avons imaginé quel serait le comportement d'un enfant ayant survécu à un traitement identique, au seuil de sa treizième année, au bord de la révolte.

François Truffaut, *Art*, 3 juin 1959.

Cannes 1959

« La chose sérieuse de la journée d'hier était le présentation du film de François Truffaut, *Les 400 Coups*. Le moins que l'on puisse dire est que Truffaut n'avait pas la partie gagnée d'avance. Pour des raisons multiples, beaucoup de gens l'attendaient au tournant. Sans parler de certains griefs personnels, le simple fait d'avoir son premier long métrage sélectionné à Cannes était, pour ce garçon de vingt-sept ans, un périlleux honneur. A ses détracteurs et à ceux qui doutaient de lui, Truffaut a répondu de la seule façon qui convenait : en nous offrant un très beau film.

Car *Les 400 coups* est un très beau film. Et j'écris cela indépendamment de tout sentiment d'amitié. Je connais à peine Truffaut, je n'étais pas toujours d'accord avec ses critiques et je n'avais que très modérément apprécié *Les Mistons*. J'ajouterai que mon admiration pour *Les 400 Coups* ne tient qu'accessoirement aux qualités purement cinématographiques de l'œuvre. A ces qualités j'avoue n'avoir prêté qu'une attention distraite. Ce que je sais, en revanche, et ce qui me paraît essentiel, c'est que le film est très exactement le contraire d'une mécanique plus ou moins bien agencée. Que ce n'est pas l'œuvre d'un fabricant ingénieux, d'un réalisateur robot, mais d'un homme qui nous parle à cœur ouvert de lui-même, ou tout au moins de l'enfant qu'il fut, et que, dans sa simplicité et sa limpidité, cette confession est mille fois plus émouvante que tous les drames inventés à grand renfort d'imagination par nos scénaristes spécialisés.

Jean de Baroncelli
Le Monde, 6 mai 1959.

« Les « grands moments » des *Quatre cents coups* sont muets commes les grandes douleurs ; c'est l'inoubliable trajet nocturne dans le fourgon cellulaire, la seule larme du film, presque invisible sur la joue d'Antoine, nous est dérobée sans cesse par le flux et le reflux du voyage ; c'est la non moins inoubliable séquence finale ; elle n'est — lui-même l'a dit — ni optimiste, ni pessimiste. Antoine s'échappe pendant une partie de football et se met à courir ; au bout de sa course, il n'y a que la mer… mais la mer qu'il n'a jamais vue ; il la regarde un instant et se retourne vers l'objectif, l'image s'immobilise, le film est fini.

En dépit de cette sobriété, presque de cette sécheresse, notre gorge se noue, peu de fins de film ont été aussi émouvantes. Pourquoi ? Le secret de ces derniers plans est indicible. On en comprend le mécanisme sans le percer. Il y a d'abord la « longueur » : Antoine court interminablement, suivi en travelling en un seul plan ; c'est véritablement qu'il s'essouffle, se fatigue, commence à ralentir sa foulée. C'est aussi qu'il court vers la mer, symbole pour lui de l'inconnu et de l'avenir ; sur son visage vers nous finalement retourné on peut lire en une seconde qu'une étape est franchie, qu'un voyage au bout de la nuit se termine, que quelles que soient la suite et les angoisses de la suite, une découverte vient d'être faite et qui porte en germe la générosité et la beauté morale.

Avec une infinie tendresse, avec un amour presque sauvage, François Truffaut nous donne en épilogue ce pathétique visage de la jeunesse si démunie et si riche et ce regard sérieux qui ne s'arrête même pas sur nous. »

Jacques Doniol-Valcroze,
Cahiers du cinéma, n° 96, juin 1959.

Antoine Doinel : L'osmose de l'acteur et du personnage

« Antoine Doinel est un personnage unique dans le cinéma français. Car il existe, physiquement, depuis vingt ans, incarné par Jean-Pierre Léaud. Le personnage et l'acteur ont pris de l'âge en même temps, l'osmose est telle entre eux qu'on a l'impression d'avoir suivi les épisodes d'une histoire vraie à travers cinq films, celle d'un gamin des années 50 qui a grandi. De plus, psychologiquement, Antoine a suivi une évolution toute personnelle qui ne doit rien à des coups de pouce des scénaristes, à des trucs, à des recettes pour exploiter un filon commercial. Il s'agit bien, dans la création de Truffaut — l'acteur Léaud ayant prouvé qu'il existait en dehors de ce rôle — d'une continuité exemplaire. Jamais la « mode » (contestation de 1968, libération sexuelle, dérive narcissique et délectation morose des années 70) n'est venue infléchir le comportement, le caractère d'Antoine Doinel.

On comprend que Truffaut soit resté profondément attaché à ce personnage de ses débuts dans le cinéma. On a beaucoup dit, autrefois que le film *Les Quatre cents coups* était en partie biographique, on s'est plu à souligner la ressemblance existant entre Léaud et le cinéaste, mais tout cela ne relève plus que de l'anecdote. Si c'est un peu le hasard qui a conduit Truffaut à donner une suite aux *Quatre cents coups* avec le sketch de *L'Amour à vingt ans,* Antoine Doinel fait, depuis, partie étroitement de lui-même ; il est placé au cœur même de son univers cinématographique. »

Jacques Siclier,
Le Monde, 25 janvier 1979.

Un personnage mythique

« J'aime le cinéma de Truffaut parce qu'il est créateur de mythes. Voilà ce que c'est qu'un grand film à mes yeux : l'expression d'un mythe. Toutes les œuvres marquantes de l'histoire du cinéma vérifient cette loi. Charlot et le Dr. Mabuse de Lang sont des mythes. Le Belmondo d'*A bout de souffle* et de *Pierrot le fou* est un mythe. Le Gabin de *La Grande Illusion* et le Dalio de *La Règle du jeu* aussi. Le Michel Simon de *L'Atalante* et le *Marius* de Pagnol. Le Fernando Rey des derniers Buñuel et la Liv Ullmann des derniers Bergman sont des mythes. Le Welles de *Citizen Kane* est un mythe. Même Bresson, qui s'en défend, a su, dans ses meilleurs films, créer des mythes : le curé de campagne, le condamné à mort, Jeanne d'Arc. Aujourd'hui, Antoine Doinel, Jean-Pierre Léaud, est l'un des mythes bien vivants de notre cinéma français.

Quand on évoque un mythe cinématographique, on confond souvent le personnage et l'acteur. Voilà qui définit l'ambiguïté et la profondeur du mythe. Son éclat tient à la fusion réussie du personnage et du comédien, non à l'effacement de l'un par l'autre. C'est pourquoi un cinéma qui cultive la vraisemblance — psychologique, sociale, morale — ne créera jamais de mythes. Antoine Doinel est un mythe parce que je vous défie de le rencontrer dans la rue. Sa vérité est d'un autre ordre que la photographie de gens que nous cotoyons. C'est une vérité intérieure, une pure création. Antoine Doinel est vrai comme Boudu de Renoir, comme les clowns de Rouault, comme Don Quichotte et… Tintin.

Jean Collet
Nouvelles Littéraires du 25.1.79 au 1.2.79.

Antoine Doinel et le Rotor

« Le Rotor ressemble à cet appareil qui fut un ancêtre du cinématographe : le praxinoscope d'Emile Reynaud. Ainsi cet instant décroché de la continuité du récit, cet instant de grâce (gratuit) obéit à une autre nécessité (que celle de la diégèse). Dans le Rotor, on peut apercevoir François Truffaut à côté de Jean-Pierre Léaud. Le Rotor est une métaphore du cinéma. Antoine n'y est plus tout à fait lui-même. Près du cinéaste, le personnage cède la place au comédien. L'ambivalence film-réalité éclate. Le bonheur d'Antoine dans le Rotor est aussi le bonheur d'être plongé dans un film — comme acteur ou spectateur. Le cinéma, c'est cette machine curieuse qui fait perdre la tête, cette caverne noire où l'on descend pour mieux s'envoler. Le cinéma, c'est ce drôle de mur où se fixe pour toujours la trace de nos gestes et de notre visage.

Après, il faut retomber sur terre. A la sortie du Rotor, Antoine découvre sa mère avec un amant. Coïncidence ? En tout cas, celle-ci rapproche la faute d'Antoine et la faute de la mère : *« elle n'osera jamais le dire à mon père »*. Les voici liés tous deux par un silence complice.

Jean Collet,
Le Cinéma de François Truffaut
©éd. Lherminier, 1977.

GLOSSAIRE

Cadrage : Organisation plastique de ce que filme la caméra. Le cadrage (ou cadre) dépend de la place de la caméra, de l'objectif choisi, de l'angle de prise de vue.

Champ : La portion d'espace filmable par la caméra. Le « cadre » se détermine à l'intérieur du champ.

Contrechamp : Le point de vue opposé à un champ. Exemple : deux personnages A et B se parlent, face à face. On filme le personnage A, puis le personnage B. le plan b est le contrechamp de a.

Insert : Détail d'un objet ou d'un personnage cadré en très gros plan venant s'intercaler dans une suite de plans plus larges.

Montage : Opération technique qui consiste à mettre bout à bout, dans l'ordre de la narration, les différents plans d'un film. Opération technique, le montage est aussi création artistique. La langue anlaise distingue *cutting*, l'opération technique ; *editing*, opération artistique ; *montage*, comme création et théorie.

Montage court : Moment d'un film ou s'enchaîne très rapidement des plans très courts d'une durée inférieure à 10 secondes environ. C'est une figure de style très fréquente dans le cinéma muet de la fin des années 20, redécouverte par le cinéma moderne du début des années 60, en particulier par Alain Resnais dans *Hiroshima mon amour* et *L'Année dernière à Marienbad*.

Panoramique : Mouvement horizontal, ou vertical, de l'appareil de prise de vue, sur son axe, maintenu en un point fixe.

Plan : L'unité de base de la fabrication d'un film. C'est la portion de film impressionnée entre l'ordre « moteur » et l'ordre « coupez » ; sur un film monté, le plan est limité par la collure qui le lie au plan précédent et au suivant. Les plans peuvent être de durée très variable. (cf. plan séquence). Les plans se caractérisent par leur « valeur » (définie par la place de la caméra et le choix de l'objectif) qui détermine le cadrage. On s'accorde généralement sur l'échelle des plans suivante :

Plan général ou de grand ensemble : personnages lointains dans un vaste espace.

Plan d'ensemble : espace large (rue, hall), personnages indentifiables.

Plan moyen : personnages cadrés en pied.

Plan américain : Personnages cadrés à mi-cuisse.

Plan rapproché : personnage cadré au visage.

Plan rapproché : personnage cadré au visage.

Très gros plans : isole un détail (partie du visage, objet, etc.). Un mouvement d'appareil ou un effet optique peut faire passer, dans le même plan, du grand ensemble au très gros plan.

Plan séquence : C'est un plan très long, c'est-à-dire une très longue portion de pellicule qui montre en continuité, sans collures, la totalité d'une action se déroulant pendant la durée d'une seule séquence.

Plongée : Angle de prise de vue, quand la caméra est située au-dessus de ce qu'elle filme.

Contre-plongée : quand la caméra est située au-dessous de ce qu'elle filme.

Point de vue : Quand la caméra montre ce que voit un personnage (ou plan subjectif). — En anglais : P.O.V. (*point of view*).

Profondeur de champ : Dans l'axe perpendiculaire au plan du film (ou à celui de l'écran lors de la projection), la partie du champ qui sera nette ou « piquée » (le reste étant plus ou moins flou).

Raccord : Terme de montage, qui désigne l'enchaînement de deux plans. L'art du montage est l'art du raccord, et l'art du rythme. — **Raccord dans le mouvement :** quand deux plans sont raccordés par leur dynamique propre, même s'ils n'ont pas d'autres liens. — **Faux raccord :** quand le raccord n'es pas respecté (dans la topographie diégétique, le mouvement, ou l'esthétique, etc.). Le faux raccord peut être volontaire (pour créer un effet de surprise), ou involontaire (erreur au tournage) !

Séquence : Ensemble de plans constituant une unité narrative, avec, le plus souvent, une unité de lieu ou d'action (voir *plan, plan séquence*).

Travelling : Mouvement de l'appareil de prise de vue à travers l'espace. La caméra est alors placée sur une grue, un chariot se déplaçant sur des rails. On peut avoir : travelling avant, latéral, arrière. Tous ces mouvements peuvent se combiner.

Bibliographie sélective

François Truffaut

Les Quatre Cents Coups (avec Marcel Moussy), Paris, Gallimard, 1959.

Hitchcock/Truffaut (Édition définitive), Paris, Ramsay, 1983.

Les Aventures d'Antoine Doinel, Paris, Mercure de France, 1970.

La Nuit Américaine, scénario du film suivi du Journal de tournage de Fahrenheit 451, Paris, Seghers, 1975.

Les Films de ma vie, Paris, Flammarion, 1975.

L'Argent de poche, Ciné-roman, Paris, Flammarion, 1976.

L'Homme qui aimait les femmes, Ciné-roman, Paris, Flammarion, 1977.

Le Plaisir des yeux, Paris, Cahiers du Cinéma, 1987.

Livres sur François Truffaut

BASTIDE (Bernard), *François Truffaut - Les Mistons*, Nîmes, Ciné-Sud, 1987.

BONNAFONS (Elisabeth), *Truffaut: la figure inachevée*, Lausanne, L'Age d'homme, 1981.

CIMENT (Gilles), FIEVEZ (Sabine), VALLET (Stéphane), *Les 400 Coups de François Truffaut*, Paris, Cahiers du 7e Art-Bibliothèque André Malraux, 1988.

Collectif, *Le Roman de François Truffaut,* Paris, Cahiers du cinéma, 1985.

COLLET (Jean), *Le Cinéma en question,* Paris, éd. du Cerf, 1972.

COLLET (Jean), *Le Cinéma de François Truffaut*, Paris, Lherminier, 1975.

COLLET (Jean), *François Truffaut*, Paris, Lherminier, 1985.

DALMAIS (Hervé), *Truffaut*, Paris, Rivages Cinéma, 1987.

DESJARDINS (Aline), *Aline Desjardins s'entretient avec François Truffaut,* Paris, éd. Ramsay.

FANNE (Dominique), *L'Univers de François Truffaut*, Paris, éd. du Cerf, 1988.

GILLAIN (Anne), *Le Cinéma selon François Truffaut,* Paris, Flammarion, 1988.

GILLAIN (Anne), *François Truffaut : le secret perdu*, Paris, Hatier, 1991.

GUÉRIFF (François), *François Truffaut*, Paris, Edilig, 1988.

INSDORF (Annette), *François Truffaut: Le cinéma est-il magique?*, Paris, Ramsay, 1989.

JACOB (Gille), GIVRAY (Claude de), *François Truffaut Correspondance*, Paris, Hatier, coll. « 5 Continents », 1988.

PHILIPPE (Claude-Jean), *François Truffaut*, Paris, Seghers, 1988.

RABOURDIN (Dominique), *Truf-*

faut par Truffaut, Paris, éd. du Chêne, 1985.

Interviews, articles ou études sur les 400 coups

BABY (Yvonne), "*Les Quatre Cents Coups :* une chronique de l'adolescence, nous dit François Truffaut", (interview), *Le Monde*, 21 avril 1959.

BILLARD (Pierre), "Les 400 Coups du Père François", (interview), *Cinéma 59*, n° 37, 24-29 juin 1959.

DONIOL-VALCROZE (Jacques), "Les 400 Coups", *Cahiers du Cinéma*, n° 96, juin 1959.

DOUIN (Jean-Luc), *La Nouvelle Vague 25 ans après*, Ed. du Cerf, coll. 7e Art, Paris, 1983.

DUPONT (Claude), "François Truffaut et l'enfance", (interview), *Ciné Jeunes*, n° 78, 1974.

FIESCHI (Jacques), "L'Enfance", *Cinématographe*, n° 15, octobre–novembre, 1975.

MAILLET (Dominique), "François Truffaut" (interview), *Cinématographe*, n° 15, octobre-novembre, 1984.

MARAVAL (Pierre), "Antoine Doinel", *Cinématographe*, n° 15, octobre-novembre, 1975.

MARDORE (Michel), "Les Aveux de Jekyll Truffaut" (interview), *Les Lettres Françaises*, n° 911, janvier 1962.

PARINAUD (Anne), "Truffaut : le jeune cinéma n'existe pas" (interview), *Arts*, 29 avril-5 mai, 1959.

PRÉDAL (René), "Images de l'adolescent dans le cinéma français", *Cinéma 76*, n° 214, 1976.

RIVETTE (Jacques), "Les 400 Coups", *Cahiers du Cinéma*, n° 95, mai 1959.

SADOUL (Georges), "Je crois à l'improvisation" (interview), *Les Lettres Françaises*, n° 775, 28 mai-3 juin 1959.

SALACHAS (Georges), "Les 400 Coups, *Télé-Ciné*, n° 83, juin-juillet 1959.

WILDENSTEIN (Pierre), "Conversation avec François Truffaut" (interview), *Télé-Ciné*, n°. 83, juin-juillet 1959.

Remerciements

À Francis Vanoye, Françoise Juhel, Bertrand Dreyfuss, Madeleine Morgenstern, Monique Holveck et l'Université de Wellesley qui m'a accordé des bourses de recherche pour poursuivre mon travail sur l'œuvre de François Truffaut.

Je tiens à remercier tout particulièrement Michel Marie, qui avait dirigé mon mémoire de D.E.A. sur Truffaut en 1979, pour ses conseils et son amitié au cours des années.

Edition : **Bertrand Dreyfuss**
Mise en page : **Frédérique Buisson**
Couverture : **Noémi Adda**
Composition : **Graphic Hainaut**

Aubin Imprimeur
LIGUGÉ, POITIERS

IMPRESSION – FINITION

Achevé d'imprimer en septembre 1991
N° d'édition 10004867 (1) 5 (cmab) 80° G.N. septembre 1991
N° d'impression L 38563
Dépôt légal septembre 1991 / Imprimé en France